あかしや橋のあやかし商店街

癒月

STARTS
スターツ出版株式会社

大阪府《おおさかふ》の南側に位置する街、堺市《さかいし》。その噂《うわさ》は学生の間で流れていた。

「なぁなぁ、知ってる？」

「なにが？」

「あかしや橋の噂」

「それってたしか……」

――子《ね》の正刻《せいこく》に神社へと続く『あかしや橋』を渡ると、橋に書かれた文字が『あやかし橋』に変わり、橋は妖怪《ようかい》の町である【あやかし商店街】へと繋《つな》がる。

「でもさ、それって本当なんかな？」

「さぁ〜？　あ、なら試してみるか？」

「怖いから無理!!」

彼らの隣では、ある少年が密かに話を聞いていた。その少年は目を隠すような長い前髪を垂らし、俯《うつむ》くようにして猫背気味に本を読んでいる。少年は顔をあげるとズレた黒縁の眼鏡を少しあげ、本をゆっくりと閉じた。

――妖怪の町。あやかし商店街……。

目次

あかしや橋のあやかし商店街

第一幕　掛け軸の願い事

子の正刻──現在の時刻でいうと、夜中の十二時。

例の噂話を密かに聞いていた少年は、その時刻に学ランのまま、あかしや橋へ向かっていた。

その少年の名前は、宮前真司《みやまえしんじ》。橋の近くにある宮中学校《みやちゅうがっこう》に通う一年生だ。

「うぅ……ここまで来るのって、やっぱり怖いな……」

真司は、怖気《おじけ》づいた様子で周りをキョロキョロと見回す。

このあかしや橋に向かうためには、街灯がひとつしかない真っ暗な公園に、電気が消えた小学校の前、さらに周りに林が生い茂っている大きな池の横を通らなければならなかった。

暗闇の中、木々が風で揺れて葉の擦《こす》れる音に、濁《にご》った池が風で微《かす》かに揺れる音がする。真司にとっては、まるで肝試しをしている気分だった。いや、誰もがそう思うだろう。

秋も少しずつ冬へと移り変わっているのか、地面には木の葉や小枝がたくさん落ちていた。歩くたびにカサ……カサ……と、葉を踏む音がする。いつもなら気にならないが、今はその音すら怖く感じていた。

「………」

渇いた喉《のど》をゴクリと鳴らし、無理やり唾《つば》を飲み込む。橋は、もう目の前にある。

真司は、あかしや橋の手前まで来ると、その場で立ち止まった。緊張と不安のせいで、手のひらは微かに汗ばんでいる。

今ならまだ引き返すことができる、やっぱりやめておこうか……と考えるが、真司はその気持ちを懸命に振り払った。

「だ、だめだ！　ここで逃げたら泣いているあの子が……。だから、ここまで来たんじゃないか！　だ、大丈夫……あの子と同じモノならきっと……！」

すると突然、坂になっている背後の道からチリリン……チリリン……と、小さな鈴の音が聞こえてきた。

「っ!?」

真司はその音に肩をあげて驚いた。まるで蛇《へび》に睨《にら》まれた蛙《かえる》のように体が硬直《こうちょく》する。後ろを振り返るのも怖く、真司は橋の下の歩道へと続く石段の陰に脱兎《だっと》の如《ごと》く逃げ込んだ。

——チリリン……チリリン……。

鈴の音が足音のように鳴り響き、次第に近づいてくる。

真司の心臓は、今にも飛び出すのではないかというぐらいドキドキしている。その間も鈴の音は橋に向かってくるのがわかり、真司は自分の居場所がバレないよう、その場で息を殺した。

——チリリン……チリリン……。

ついに、音がすぐ近くまで迫ってくる。真司の心臓の音も自分で聞こえるぐらい強く高鳴っていた。額にはうっすらと汗が滲《にじ》んでいる。

それでも、真司は目を凝らして音の正体を確認しようとしていた。

——く、暗くてよく見えない……嫌なモノだったらどうしようっ!?

雲に隠れていた月がスーッと現れ、街灯の代わりに辺りを照らす。暗くて見えなかったものが、今ははっきりと見える。真司は鈴の音を発している主を知ると、その美しさに思わず目を奪われた。

まるで宵闇《よいやみ》の如く、黒く真っすぐで艶《つや》やかな髪。陶器《とうき》のように滑《なめ》らかな白い肌。大きな黒い瞳と小さな顔。ぷっくりとした唇と頬はほんのり赤く、少し幼い感じがした。着ている服は着物で、黒の生地に濃い紫と青の薔薇《ばら》が刺繍《ししゅう》されている。帯は赤ピンクに雪の結晶が散らばり、幼い外見に反し大人っぽい雰囲気が醸《かも》しだされている。年齢が予想できない外見だ。

——チリリン……チリリン……。

真司は鈴の音にハッと我に返り、頭を左右に振った。美女は真司に気付かぬまま、素知らぬ顔であかしや橋を渡ろうとしている。

「——だめだっ!!」

橋の先に怪し気な気配を感じた真司は、彼女を止めようと慌てて追いかけ、背後から彼女の腕に手を伸ばす。

腕を掴《つか》まれた女性は、髪をなびかせくるりと振り返った。その瞬間、髪から漂う花の香りが真司の鼻腔《びくう》を掠《かす》める。

大きな瞳で真っすぐに真司の顔を見つめる女性は、少し驚いた顔をしていた。

「お前さん、私のことが見えるのかえ？」

「え？　見えるって……」

女性の言葉に、真司は自分や女性の周りが霧《きり》で覆《おお》われていることに気がつく。そして、何気なく目についた橋の名前のプレートを見る。

プレートの文字はゆらりと揺れ、〝あかしや橋〟の文字が変化し、〝あやかし橋〟へと変わっていく。そして次の瞬間、真司が上を仰《あお》ぎ見ると朱色の大きな鳥居がすぐ目の前に建っていた。

「な、なにがどうなって……」

真司は女性の腕から手を離し後ろを振り返るが、霧が濃いせいで来た道は見えなくなっていた。

「な……っ!?」

突然のことにパニックになり、真司は思わずよろめく。そのせいで意図せず鳥居の中へ片足を踏み入れてしまった。瞬間、一気に霧が消え目の前が晴れた。

真司がよろめいた際に女性は真司の腕を掴んでいたが、真司は目の前の女性ではなく、周りの景色を見て呆然《ぼうぜん》と立ちつくしていた。

確かに真司は橋の上に立っていたのに、いつの間にかその橋は消え、代わりに鳥居に似たゲートが目の前に建っていた。ゲートの看板には【あやかし商店街】と大きく書かれ、向こう側には明るい町が見える。

真司が、今目にしているのは、シン……と静まり返った薄暗い夜道ではなく、ガヤガヤと賑《にぎ》わいさまざまな店が建ち並ぶ町だった。

そして、すれ違う者も、楽しそうに談笑している者たちも、〝人〟ではなかった。鬼のような顔をした者。腕が八本ある者。動物の耳が生えている者。堂々と二足歩行する猫がいたり、はたまたヘビのように首が長い女性が買い物をしたりしているのだ。

長い前髪の隙間からその風景を見ると、真司は魚のように口をパクパクとさせた。言葉は出てこず、頭の中は真っ白だ。

「……あの、もし？」

女性は、真司に向かって声をかける。真司はぎこちない動きで彼女の顔を見ると、突然、体がグラリと傾かせそのまま倒れ込んだ。

「えっ!?　……こりゃぁ、困ったねぇ」

女性は倒れる真司の体をその細い腕で支えると、途方に暮れたように空を見上げた。倒れている本人はというと、女性の膝の上で目を回し、「う〜ん……」と唸《うな》っていたのであった。


「ん……ここ、は……？」

目覚めた先には、見慣れぬ天井があった。

「えっと……？」

──僕、どうしたんだっけ……？

自分はなぜ横になっているのだろうか？　ここはどこだったっけ？と、しばし考えていると、横から声をかけられた。

「おや？　目が覚めたかえ？」

「え？　……あ!!」

真司の顔の横で、ゆっくりと団扇《うちわ》を扇《あお》いでいた女性がニコリと微笑む。真司はその女性の顔を見て全てを思い出し、慌てて体を起こした。

「ふむ。すっかり元気になったようやの」

女性は真司の体に問題がないことを確認すると、そう言った。

「あ、あなたは⁉　それに、こ、ここここって⁉」

「少し落ち着かんか。〝こ〟がふたつ多いぞ？　いや、三つかの？　まぁ、よい。ここは、『あやかし商店街』にある私の家じゃ」

「あやかし……や、やっぱり……噂は、本当だったんだ……」

女性は真司の言う〝噂〟という言葉にピクッと反応すると首を傾げた。

「はて、噂？　なんのことかわからんが、まぁそれはええとして。つかぬことを聞くが、お前さんは人間やね？」

「え？　は、はい……」

ぎこちなく返事をすると同時に、真司は女性の言葉に疑問を持った。

——あれ？　私の家？　しかも人間かどうかを聞くということは、この人って……。

「も、もしかして、あなたも妖怪⁉」

「む？　うーむ……まぁ、似たようなものじゃな」

「似たようなもの、ですか……？」

真司は訝《いぶか》しげに女性を見る。

どこからどう見ても人間にしか見えないが、女性は自分のことを人間ではないと言う。過去に真司が見てきた人ならざるモノは、黒く歪《いびつ》なモノたちばかりだった。

でも、この女性は気を失っている真司を助け、目が覚めるまでそばにいてくれた。

本来なら警戒すべき場面だが、不思議と警戒心は湧かなかった。

「そんなことより、なんで人間がこんなところに？　普通なら怖がるか逃げ出すんやけどなぁ。ああ、でも、お前さんは気絶してたか、ふふっ。で、この商店街になにか用かえ？」

「え？　あ、その……」

「ん？」

女性は小動物のように首を傾げ真司の言葉を待つが、真司はなかなか言葉を出せずにいた。本当のことを言うべきか悩んでいるのだ。

――もし、それでこの優しい人が怪我でもしたら？

真司は東京《とうきょう》にいたときの出来事を思い出し、ギュッと目を閉じた。

「なんや？　なんか訳ありって感じやねぇ。言うてみ？」

女性が真司の肩にそっと触れ、優しく声をかける。

女性は人間ではない……それでも、真司は自分が関わることで、この女性を傷つけたくないと思っていた。そして自分も、もう〝あんな目〟に遭うのは嫌だと思った。

だが、「この人なら力になってくれるかもしれない。それに、僕は誰かに相談するために、ここに来たんだ」と思い直し、真司は女性に事情を打ち明けた。

「あの、助けてほしくて……」

「はて？　助けてほしい？」

「はい。僕は昔から……変なモノが見えるんです。でも、いつも無視してきました。もう、関わりたくないし、いいことなんて……なにもないし。目も合わせないようにしてきました」

　そう言いながら真司は、長い前髪にそっと触れる。真司の視界は、長い前髪のせいでとても狭い。

「ふむ。それが妥当《だとう》な判断やねぇ」

「それで、あの……数日前から、家の中で泣き声が聞こえ始めたんです。あ、正確には、家の庭にある物置の中からなんですが……」

「泣き声？」

　少し興味が湧いたのか、女性は真司の話に耳を傾ける。真司は自分の話を聞いてくれることにホッと安堵《あんど》の息を吐くと、話を続けた。

「はい。両親には聞こえないようなので、人間じゃないとわかって……今までどおり、無視して過ごそうと思いました。でも、その……なんだか、本当に悲しそうだったんです。結局、無視できなくて……声が聞こえる物置の中を探ってみたら、古い掛け軸を見つけたんです」

「ほぉ。掛け軸かえ。それで？」

女性は興味深そうに頷くと、真司に話の続きをするように促《うなが》してきた。瞳の奥は、興味津々といった様子で、キラキラ輝いているような気がした。

真司は俯いていた顔を少しあげ、今度は女性の目を見て話を続けた。

「その掛け軸は、泣きながら僕に『助けて』って言ってきたんです」

「ふむ。それで？」

「詳しい理由を聞いてみても、泣くばかりで……それに、僕には助ける方法もわからなくて……そしたら、学校で噂を聞いたんです。子の正刻にあかしや橋を渡ると、妖怪の町に繋がるって。それで、妖怪ならきっと、この掛け軸を助けられるんじゃないかと思って」

真司が真夜中に橋にいた理由がわかると、彼女は「なるほどねぇ」と小さく呟いた。

「せやから、あんな時間におったんやね。しかし、そんな噂が流れていたとは初耳やのぉ。相変わらず、人間の情報網は謎だらけやねぇ」

「最初は、その……半信半疑《はんしんはんぎ》だったんですが――」

「半信半疑やったけれども、怪しい気配のする橋を渡る私を引き止めた。そしてこの町にたどり着き、本当に存在するとわかった……と、いった感じかえ？」

図星を突かれ、真司は一瞬ピクッと反応すると気まずそうな顔をして、女性から目を逸らした。

「は、はい。なんかこう……はっきりとは見えないんですけど、なにかがあるのは確かだと思ったので」

「ふふふ、なるほどなぁ。お前さんの目の力は、相当強いみたいやねぇ。ところで、お前さん、名は？」

「え？　あ、宮前真司です」

「宮前真司、か。ふむ、そうか……私は、この商店街の管理人をしている菖蒲《あやめ》という者じゃ。よろしゅうお頼み申します」

菖蒲はそう言うと、手のひらの先を畳につけ真っすぐな姿勢で深く頭を下げた。顔をあげると、真司に向かってニコリと微笑む。

その微笑みがまた美しく、かわいらしく、真司は照れたように返事をした。

「よ、よろしくお願いします……」

「さてさて、真司や。その掛け軸は今はどこに？　ぜひ私にも見せてほしいんやけどなぁ」

「あ、すみません。今は持ってないんです……」

「ん、そうか……それは残念。なら、仕方あらへんね」

掛け軸がないと聞いて、ちょっぴりシュンとなり落ち込む菖蒲に、真司は申し訳なくなった。

「あの……明日、持ってきます！」

「ふふっ、そうやね。そうしておくれやす。……さてと、もう時間も遅い。橋まで送ってあげるから、今夜は、はよぉ帰り」

「はい」

菖蒲はすっと立ち上がって部屋を出る。真司も立ち上がると、菖蒲のあとを追うように廊下へと進んだ。

真司がいた部屋は客間だったらしく、他にも空いている部屋があった。右手には広い庭と小さな池があり、池の中央には鹿威《ししおど》しが置いてある。

そして、廊下を進んだ先には暖簾《のれん》が垂れ下がっていた。

暖簾をくぐると広い板張りの部屋へと出た。その部屋には小さなカウンターがあり、壁や棚、テーブルには置物や小物、壺《つぼ》、絵画などが飾られていた。

真司は物珍しそうに飾られている物を見る。

——なんだか、小さな博物館みたいだ……。

そう思っていると、隣にいた菖蒲が静かに笑いだした。

「置いてある物が、そんなに珍しいかえ？」

「はい……。なんだかすごいですね」

「ふふっ。ここに置いてある物は、すべて誰かに大切にされてきた物たちじゃ」

菖蒲は、色とりどりの石が填《は》め込まれているガラスのコップの縁をツーッと優しく撫でて部屋を見渡す。

「この家は以前、骨董屋《こっとうや》でね。私が訳あってこの家をもらうことになったのじゃ。この部屋にある物は、前の持ち主の物もあれば私が気に入って置いている物もある。ときたま、寂しくなった物がこの家にやってくるときもあるの」

「……はぁ」

菖蒲の言っていることがいまいちピンとこず、真司は曖昧《あいまい》な返事をして、菖蒲が触ったガラスのコップとその隣に置いてある雪兎の絵が描かれた陶器を不思議そうに見つめた。

──物でも寂しくなるんだ……。

「ほら、さっさと来んしゃい」

菖蒲が玄関の扉を開きながら言った。真司は慌てて返事をすると、コップと陶器から視線を逸らし、菖蒲の家を出たのだった。

妖怪と遭遇しないように気を遣ってくれた菖蒲は、人がふたり通れるだけの狭い裏道を選び、真司をあかしや橋の前まで送った。

「さぁ、帰りんしゃい」

「あの……ご迷惑をおかけして、すみませんでした」

頭を下げる真司の頭を、菖蒲は撫でるように軽く叩く。

「気にすることはあらへんよ。ほな、また明日にな」

「はい」

真司は返事をすると『あやかし橋』と書かれている橋へと一歩踏み出した。

すると、プレートの文字はゆらりと揺れ、あ〝や〟かし橋からあ〝か〟しや橋へと変化した。そして、辺りは霧に包まれ目の前に大きな鳥居がスーッと現れた。

——この鳥居って、あのときの……。

霧の中、不思議と鳥居とプレートの文字だけははっきりと見える。

真司は「ここを通ればいいんだよ、ね……？」と呟くと、振り返らずに鳥居の中へと進んだ。

その瞬間、最初に訪れたときと同様に霧は消え、辺りの風景は賑やかだった商店街から鬱蒼《うっそう》とした林に変化した。

——帰ってきた……。

真司が一度だけ振り返ると、商店街は影も形もなくなっていた。

改めて帰ってきたことを実感すると、真司は前に向き直り、再び暗い道を歩きだしたのだった。

＊＊＊

翌日、真司は昨夜の出来事と菖蒲との出会いを思い出し、授業に集中できないでいた。あっという間に一日が終わり、真司は肩を落としながら下駄箱へと向かっていた。

「授業、全然頭に入らなかった。はぁ……」

昨夜、菖蒲と出会い、妖怪の町に行き本物の妖怪を目にした真司。それはまるで、夢のように現実味がなかった。

ふと、前髪越しにチラリと廊下の端を見ると、小さな黒い物体がうようよと動きながら移動していることに気がついた。それは少々丸みを帯び、ススの妖怪に似ていた。

その物体と目を合わせないようにして、真司は再び歩みを進める。

――それにしても、あそこまではっきりと妖怪を見たのは初めてかも。

そう、真司は〝人ではないモノ〟が見えるが、あくまではっきりと見えるわけではない。真司の目からは影やモヤのようにしか見えず、色や形がなんとなくわかる程度だった。稀《まれ》に声が聞こえるときもある。

もしかしたら、妖怪ではなく幽霊かもしれない。どちらにしても、真司にとってそれらはトラウマの原因を作ったものに変わりはなかった。

真司は昔のことを思い出し、苦虫を噛み潰したような顔になる。それを忘れるように頭を軽く左右に振ると、靴を履き替え校門へと向かった。

その途中で、門の前で佇《たたず》んでいる人物に目がいった。まるで引き寄せられるように、真司は自然とその人に近づいていく。

そして、ハッとしたときには「あっ、菖蒲さん!?」と、声を出していた。名前を呼ばれた菖蒲は、真司を見つけると手を小さく振って微笑んだ。

「真司。なかなか出て来ぬから、いないかと思ったぞ」

「菖蒲さん、どうしてここにいるんですか!?　それに、どうやって僕の居場所がわかったんですか!?」

驚いた顔で次々と質問する真司に菖蒲は少しポカンとすると、着物の袖口を口元に当てておかしそうにクスクスと笑った。

「驚いたかえ？　どうも、夜まで待てなくてねぇ。だから、お前さんの通う学校まで迎えに来たということじゃ」

「そ、そうなんですか……」

「ちなみに、お前さんの居場所がわかったのは、昨夜、その制服を着ていたからじゃ」

真司は自分の体を見下ろし「制服ですか？」と、言った。

菖蒲はまたもやクスクスと笑う。

「ここいらで学ランの制服といえば中学校ぐらいしかないからね。どの中学かは、ちと迷ったが……そこは、情報収集の賜物《たまもの》というやつじゃ」

妖怪の町で別れてから、まだ一日しか経っていないのに、菖蒲は真司の居場所を突き止めた。妖怪の情報網はかなりすごいということがわかる。

——でも、いったい、どこからそういうのを知るんだろう？

そう思っていると、コソコソと話す周囲の気配を察知し、真司は我に返った。

「なぁ、あいつおかしくない？」

「さっきからひとりで話してるで」

「変なの」

「え、ヤバい系なやつ？」

変なものでも見るような目で真司を見て、少し距離を置くように横を通り過ぎる生徒たち。

人間の姿をしているから忘れていたが、彼女は他の人に見えないのだ。

真司は他の生徒と目を合わせないように、なにも聞こえなかったかのように俯いた。

菖蒲はそんな真司を見て「うむ……」と、呟くと名前を呼んだ。

「真司」

「は、はい……」

真司は顔をほんの少しあげるが、あくまで菖蒲とは目を合わせない。

「他の者にも私の姿を捉《とら》えられるようにもできるが、そうしようか？」

「……え？」

「妖怪は人に化け、人を驚かす。ゆえに、人に姿を見せることもできるのじゃ。特に力の強い妖怪ほど、人に近い姿で変化《へんげ》することができる」

真司は慌てて菖蒲の腕を掴み「や、やめてくださいっ！」と言った。菖蒲は一瞬驚いた顔をするが、なにかに怯《おび》えたような真司の目を見ると、すぐに冷静な表情になった。

真司の手は微かに震えている。菖蒲はそんな真司の手に触れると、ふっと微笑んだ。

「あい、わかった。お前さんがそう望むならやめておこう」

「菖蒲さん……」

「では、さっそく掛け軸のあるお前さんの家へと向かおうぞ！」

そう言うと菖蒲は真司の手を取り歩きだした。

真司は引っ張られるようについていく。どうやら家の場所もわかっているらしい。

不自然な歩きかたに、周りは奇怪《きかい》な目で真司を見ていたが、なぜか手を振り払おうという気持ちにはならなかった。むしろ、菖蒲に引っ張られることで自然と俯いていた顔があがり、背中を押されているような気がしたのだ。

――この人は本当に不思議だ。人間じゃないのに怖くないし、優しい。それに……

温かい。

真司のことを奇怪な目で見る生徒は住宅街に近づくにつれて減り、無事に家の前まで着くと真司は安堵の息を吐いた。

「真司、家の者はおらぬのかえ？」

「はい。両親は今頃仕事ですから」

「そうか。ふむ……」

菖蒲の考え込む姿に真司は首を傾げたが、気にせず玄関の門扉《もんぴ》を開け、菖蒲を招き入れる。

「どうぞ」

「うむ。お邪魔するぞ」

真司の家は、学校から歩いて五分ほどの一軒家が立ち並ぶ通りにある。家の前で菖蒲はなぜか、隣近所の家と真司の家を見比べている。

「それにしても、お前さんの家は立派な洋風じゃの。なんともかわいらしい。ドールハウスにありそうな家やねぇ」

「引っ越してきたばかりで、リフォームしたんです。中でも庭の手入れは母の趣味なんですが……僕も父も恥ずかしいぐらいです……」

ドールハウスとまではいかないだろうが、庭には季節の花が植えられているだけでなく、小さな動物の置き物などがある。真司も、メルヘンチックすぎるとは思っていた。他人にそれを指摘され、恥ずかしい気持ちになる真司だが、ふと、小さな疑問が頭によぎった。

――というか、今、菖蒲さん、『じゃの』って言ってなかった？　いや、さっきから言ってるよね……？

「ふむ。どうりでお前さんはこの土地の言葉を話さないわけやね」

「そうなんです。僕は、もともと東京生まれなので」

確かに、転校してきた当初は、クラスメイトは標準語を話す自分に興味津々で話しかけてきた。

『関西弁にせぇへんの？』

『うわぁ、標準語聞くと、なんかめっちゃゾワゾワするわぁ』

そんなふうに言う者もいた。

やがて人と接することを避けているうちに生徒たちの熱も冷め、自然と真司から離れていった。それに、家では家族も標準語なので、真司は自分の話す言葉について次第に気にしなくなった。

真司が全然話さないのもあるのか、一度興味の熱が冷めてからはクラスメイトも真司の喋りかたについては特に追求しなくなった。そのかわり、話しかけてくることもなくなったが……。

少ないながらも学校での友達はできたが、その友達も真司の話しかたについては気にしていないようだった。

それよりも、真司は菖蒲の喋りかたの方が気になっていた。

——菖蒲さんの話しかたは、大阪の言葉というより、なんだかお年寄りみたいだぁ。かと思えば、京都《きょうと》の舞妓《まいこ》さんみたいなときもあるし……う～ん……謎だ。

不思議に思っている真司とは裏腹に、菖蒲は納得したかのように頷く。

「ふむふむ。なるほど。して、掛け軸はどこぞ？」

「あ、そうでした。今、持ってきますので、僕の部屋で待っていてください。部屋に案内しますすね」

「あい、わかった」

玄関の鍵を開け、菖蒲を家の中に入れる。そして、二階に続く階段をのぼり、自分の部屋へと招き入れた。

真司の部屋は普段から掃除をしているのか、とてもきれいだった。ダークグレーのL字デスクは、部屋に入って左手奥に設置され、デスクに付いているラックには真司が読んでいるファンタジー小説や参考書が並んでいる。デスクの反対側の壁にはベッドがあり、部屋の中央には折り畳み式の小さな四角いテーブルが置かれている。壁には、ラックに収まりきらなかった本が並ぶ本棚と、映画鑑賞をするためのブルーレイプレイヤーとテレビがある。全体的に子供っぽさがなく、成人してからも使えるような部屋だった。

「座布団とかないですけど、好きなところで寛《くつろ》いでいてください。それじゃ、今持ってきますすね」

「うむ」

階段を下りると、真司は庭に面したリビングから外に出る。

庭の隅には大きな物置があった。中には、母親が大事にしている物や父親の釣り道具の他に、菖蒲の家で見たような壺や古い着物などもしまわれている。両親はこれらをどこから集めてきたのか、不思議に思うほどいろいろな物が置いてある。

真司は、奥の棚にある掛け軸を手にして再び自分の部屋へと戻った。

「お待たせしまし……って、なにをしているんですか!?」

部屋の扉を開けると、真司は目の前の光景に驚き、手に持っていた掛け軸を思わず落としそうになる。

真司が目にしたもの、それは、菖蒲が犬が伏《ふ》せをしているみたいな格好でベッドの下を覗き込んでいる姿だった。

菖蒲は、その格好のまま真司に顔だけを向けた。その表情は、なにが変なのかわからないといったような顔だった。

「む？　ふむ、見ての通りやの」

「はい⁉」

「うむ、最近の若者はベッドの下にイヤラシイ物を隠しておると、〝お雪《ゆき》〟から聞いてのぉ。せっかくやし、確かめようと思って」

真司は頭痛がしてきたのか、眼鏡を少しあげ眉間を軽く揉むと溜め息を吐いた。

「菖蒲さん……普通は、そんなところにありませんよ……」

「なんじゃ、そうなのかえ？　つまらんのぉ～」

「それに、そもそも、そんな物僕の部屋にはありません」

「な、なんとっ⁉」

「その……そういうのは、少し……僕には早いかと……」

真司は目線を菖蒲から逸らし、頬を掻《か》く。ほんのりと赤く染まっている耳を見ると、どうやら恥ずかしいらしい。そんな真司の姿を見て、菖蒲は着物の袖を口元に当ててクスクスと笑った。

「おやまぁ。ふふふ、お前さんは初心《うぶ》やの」

「…………」

さらに恥ずかしくなり俯く真司は、菖蒲になにも言い返せなかった。イヤラシイ本はともかく、初心なのには自覚があったからだ。

——まったく、そのとおりです……うぅ……。

「おや。それが、例の掛け軸かえ？」

菖蒲は覗きの姿勢を戻し、真司が手にする箱を見た。

「あ、はい、そうです」

気を取り直し、真司はなんとかそう答える。菖蒲の前に腰を下ろして箱を手渡すと、掛け軸を広げやすいようにテーブルを折りたたんで部屋の隅に寄せた。

菖蒲は箱を隅から隅までじっくりと見ている。直径約四十センチの麹塵色《きくじんいろ》の筒状の箱で保存状態も良く、箱自体はそれほど劣化《れっか》していないようだ。

「ふむ……作者の印《しるし》もなしか」

箱や掛け軸にはどこかしらに自分が描いた証明として印を残すが、掛け軸が入っている箱にはそれがなかった。

菖蒲は箱を床に置き、丁寧な仕草で掛け軸を取り出しそっと広げる。箱と違い、掛け軸の端は破れ、本紙にはシミがあり絵の具は劣化して色褪《あ》せている。

菖蒲は、掛け軸にも印が無いことを確認した。

「ふふっ。これは、またかわいらしい童子《わらし》やのぉ。……しかし、これでは足らんな」

掛け軸には小川で楽しそうに遊んでいる女の子がひとり描かれている。菖蒲はその掛け軸を一目見てぽつりと呟く。

「足りない？　どういうことですか？」

「おかしいとは思わんか？　……ほれ」

そう言うと、菖蒲は掛け軸の中の女の子を指す。その場所を見たが、真司の目には女の子がひとりで川遊びをしているのがわかるだけで、おかしいところは見つからなかった。

——足りないって、どういうことだろう？

真司は腕を組み、唸りながら掛け軸を見て考え始める。答えを求めるためにチラッと菖蒲を見たが、こちらを見向きもしない。どうやら教えてくれる気はなさそうだ。

——自分で考えろってことか……。

真司はまた掛け軸を見て「うーん」と、唸りながら考えていると、ふと、おかしな点に気がついた。

「あ！　ここだけ変な水しぶきがあります！」

ほらここです！と、言いながら真司は女の子のすぐ隣の水面を指す。

一見、ただの水しぶきに見えるが、よくよく見て考えると、この水しぶきはどこか不自然だったのだ。

菖蒲は真司の答えに満足したのか、微笑みながら頷いた。

「この子の周りの水しぶきはわかる。じゃが、その隣の水しぶきと水面の揺らぎは見るからにおかしい。ということはじゃ、これは、この子の水しぶきではないということやの」

「つまり、この女の子の他にも、なにかが描かれていたっていうことですか？」

「正解じゃ。そして、女の子の視線の高さからにして、それは〝人〟ではないのぉ」

菖蒲は掛け軸の女の子に触れ「ふふっ」と楽しそうに笑う。

「つまり、ここにいたのは〝動物〟ということやね」

「それって、猫か犬っていうことですよね？」

「うむ」

菖蒲が深く頷いた途端、突如掛け軸がカタカタと勝手に動き始めた。

「うわっ!?　あ、菖蒲さん、掛け軸がっ！」

「これ、落ち着かんか」

真司が驚きの声をあげると、掛け軸から泣き声が聞こえてきた。それは掛け軸に描かれている女の子の声だった。

「うっ……ううっ。お願い、お願い助けて……助けて」

「……菖蒲さん」

真司の呼びかけに菖蒲は、わかったというように深く頷き、掛け軸に向かって優しく話しかけた。

「お前さんだね？　ずっと、泣いていたのは」

「うう……えぐっ、えぐっ……」

「お前さんは、なぜ泣いている？　なにを願うのだ？」

女の子は菖蒲の優しい言葉に少し落ち着くと、菖蒲が人間ではないとわかったからか、真司のときとは違い、すぐに心を開いた。

女の子は、小さな子供が拙《つたな》いながらも一生懸命相手に伝えるように、菖蒲の問いかけに答えた。

「私のわんちゃん……私のわんちゃんが消えたの。えぐっ、うぅっ。寂しいよぉ……」

「消えたって、どういうことでしょうか？」

――もしかして、死んじゃった……とか？

そう考えると、体からサーッと血の気が引いた。

菖蒲は真司のそんな不安を感じ取り、真司に向かって「大丈夫じゃ」と、優しく声をかけた。

「掛け軸から逃げ出してしまったんやろうね」

「逃げ出す？」

「うむ。物には、それぞれ生命《いのち》が宿る。古い物やと特にね。この作者のことはようわからんが、どうやらこれは相当古い物やの。して、問題は、なんの拍子に抜け出し、どこに行ったかじゃ。真司、この掛け軸を見つけたときは、どういう状況やった？」

真司は、女の子の声が聞こえたときのことを思い出す。

「……たしかあの日、雨が降っていました。すごく天気が悪い日で、雷が近くに落ちたような音もしました」

「ふむ。なるほど」

「うぅっ。あのね……あのね」

「ん？」

ふたりは同時に掛け軸を見る。

「大きな音にね、わんちゃん驚いたの……」

「となると、やはり、雷で逃げ出したんやろうねぇ」

「でも、どこに逃げたんでしょうか？」

菖蒲は顎《あご》に手をやり掛け軸を見ながらしばし考える。すると、なにか思いつくことがあったのか「真司、この掛け軸は物置にあったんじゃな？」と、聞いた。

「え？　そうですけど……」

「なら探すまでもなく、まだそこにおるかもしれぬ。どうやら、そのわんちゃんは臆《おく》病者《びょうもの》らしいからの。外に出ず物置の中に隠れてるかもしれんな」

真司は菖蒲の考えに納得し、まだ犬がここにいることに、ホッと息を吐いた。

「あ、でも、それならどうして自分から戻らないんですか？」

「戻りたくても、戻れなかったんやろうね」

「え……？」

真司は菖蒲の言っていることがよくわからずに首を傾げる。

菖蒲はコホンッとひとつ咳をすると、真相を真司に説明し始めた。

「おそらくこうじゃな。まず、雷の音で童子が驚いたと同時に、掛け軸の方も動いたんやろう。そして、棚から落ちた拍子に箱が開封し、掛け軸も開いた。その隙間からわんちゃんが逃げ出した」

真司は菖蒲の説明を頭の中で想像する。

菖蒲は真司の目を真っすぐ見ながら説明を続けた。

「この童子は、雷の怖さとわんちゃんが逃げ出したことに悲しみ、泣き始めた。わんちゃんも戻りたくても雷が怖くてなかなか戻れんかったんやろうね。そこに、真司が現れた。お前さんは、落ちている掛け軸を拾ったのではないかえ？　そして、悪天候は数日続いていた」

「はい。暗くてよく見えなかったんで、最初は辺りを探していました……菖蒲さんの言うとおり、二、三日は雨も続いていました」

菖蒲は「やはりな」と言うと、真司が取ったであろう行動も含めて、説明を続けた。

「ふむ。掛け軸が落ちているのに気づいたお前さんはそれを見つけ、童子に話を聞いたあと、掛け軸を再び箱に閉まったのではないかえ？」

「はい」

「だから、わんちゃんはそのあとも戻れなかったんよ」

「え？」

混乱する真司に、菖蒲はわかるように説明をする。

「出てきた掛け軸に戻るためには、再び、その掛け軸の中へ入らんとあかん。しかし、掛け軸は真司の手によって箱の中にしまわれた。掛け軸が開かない限り、わんちゃんは元の場所には戻れんのじゃ」

「じゃあ、犬が帰れないのは僕のせいだったんですか……」

そう言って、シュンとうなだれる真司に菖蒲は優しく微笑みかけた。

「気にすることはあらへん。お前さんは、こうして童子の悲痛な願いを聞き入れたのやから」

「……はい」

それでも真司の気は晴れなかった。自分のせいで犬が本来の居場所に帰ることもできず、暗い物置の中で今でも怯えてるのかもしれないと思うだけで、とても申し訳なくなった。

「さて、と」

菖蒲は掛け軸を丁寧かつ慎重に丸めると箱に納めた。

そして、すっと立ち上がると真司に向かって微笑んだ。その微笑みは、どこか意気《いき》揚々《ようよう》としていた。

「わんちゃん救出作戦に行くぞ、真司！」

そのネーミングセンスってどうなんだろう……と、思ったが、真司は不思議と落ち込んでいた気持ちが消えていくように感じた。そして、手を差し伸べる菖蒲の手を握ると元気よく返事をしたのだった。

「はいっ！」


「菖蒲さん、持ってきました」

「おおきに」

真司と菖蒲はA4サイズの白い紙を手に持ち、庭へと移動した。肝心の掛け軸は、部屋に置いたままだ。菖蒲は真司から紙を受け取ると物置の扉を開ける。

「あの……その紙で、いったいなにをするんですか？」

「む？　見てわからぬかえ？」

「は、はい……」

　ぎこちなく返事をする真司に、菖蒲は紙を物置の中央に置くと、スッと立ち上がり扉を閉める。真司はそんな菖蒲の背中を見ていることしかできなかった。

　菖蒲が真司の方を振り返る。菖蒲の長い髪がフワリと揺れると、初めて出会ったときのように甘い花の香りがした。

「ふふっ、言ったやろう？　救出作戦やと」

「確かに言いましたけど……」

　――わざわざこんなことをせずとも、掛け軸を広げておいたほうが早いような……。

　真司の心を読んだのか、菖蒲は突然ムスッとした表情になる。頬をぷくっと膨らませる様は、まるで幼い子供のようだ。

「むむ？　お前さん、今、なにか失礼なことを考えたやろう」

「え!?　い、いや……そんなことは――」

「ふんっ！　どうせ、こんな回りくどいことをせずに、掛け軸を広げておいたほうが早い……とか思っていたんやろう」

「………………」

　そのとおりだったので、真司は思わず視線を菖蒲から逸らした。菖蒲は手を腰に当て、真司の顔をビシッとさす。

「よいか、真司！　あの掛け軸は、大変貴重な物と見た！」

「貴重？　そ、そうなんですか？」

「うむ、そうなのじゃ！　しかも、掛け軸の破損《はそん》もある。まぁ、あれだけ古ければ仕方なかろう。そんな物を無造作に埃も溜まっている物置の中に置けると思うかえ？　例えるのならば……そう、国宝級のものを砂場の上に置くようなもの!!」

「そう言われると、確かに……」

真司が心なしか納得したとき、物置の中でガタガタッと音がした。

菖蒲と真司は同時に物置を見たあと顔を見合わせ中に入る。菖蒲が床に置いた紙を手に取ると、真司も紙を横から覗き込んだ。

そこには、紙の中央でちょこんと鎮座《ちんざ》する小さな柴犬の絵があった。

「菖蒲さん、これ――」

「どうやら、作戦は成功みたいやの。よしよし、いい子じゃや。ひとりで寂しかったやろう？　すぐに、お前さんの飼い主のところに戻してやろう」

「これが、あの女の子の言っていた犬ですか？」

「うむ。さてと、部屋に戻るかの」

スタスタと家に戻る菖蒲のあとを、真司も慌てて追いかけた。

「あ、待ってくださいよ！」

真司の部屋で、ふたりは掛け軸と捕まえた犬が描かれている紙を床に置いて、向かい合うように座っていた。

「あの……これから、どうするんですか？」

「なに、見ていればわかるさ」

菖蒲は部屋に戻ってくると、箱に入った掛け軸を再び丁寧に開きそっと床に置いた。そして、白い紙を犬が描かれている面を下にして掛け軸の上に重ねる。すると、その途端、掛け軸がカサカサと動きだした。

真司は唾を飲み込み、動く掛け軸を緊張した面持ちで見つめていた。

掛け軸の動きは次第に小さくなり、菖蒲は静かになるのを確認すると、紙をそっと掛け軸から離した。

「あ!!」

真司の驚きの声に、菖蒲はクスリと笑う。

真司の知っている掛け軸には女の子だけが描かれていたはずなのに、今は、女の子のそばで柴犬が一緒になって川遊びをしていた。その柴犬は確かに先程の紙に描かれていた犬だった。

そして、白い紙の方はというと——なにも描かれていない、ただの白紙に戻っていた。まるで、手品を見ている気分だった。

「やはり、本来あるべき姿が一番微笑ましくて、とてもよいのぉ」

と、そのとき。掛け軸の中の女の子が正面を向き、真司と菖蒲に向かってお辞儀《じぎ》をした。

「えっ!?」

真司は目を擦り、今一度掛け軸を見る。しかし、今度は掛け軸にはなんの変化も現れなかった。

菖蒲は、そんな真司を見て、再び笑みを浮かべる。

「お前さんが先程見たものは、幻でもなんでもあらへんよ。この子はね、お前さんに礼を言ったのじゃ。ありがとうございます、ってな」

真司は少し恥ずかし気に頬を掻いた。そして、掛け軸の願いを叶えることができて嬉しく思い、自然と笑みが出たのだった。

無事に掛け軸の願いも叶い、菖蒲は商店街へ帰るというので真司は菖蒲をあかしや橋まで送ることにした。

「あの……菖蒲さん」

「ん？　なんや？」

真司は菖蒲が大事に抱えている風呂敷を見つめる。

無事、柴犬の姿が戻った掛け軸だったが、依然として損傷が激しく、女の子と犬の絵も色褪せてしまっていたため、真司は掛け軸を直すことはできないかと菖蒲に相談したのだった。菖蒲は「腕のいい知り合いがおるから私に任せんしゃい」と応じてくれた。

真司はそのときの会話を思い出し、菖蒲に頭を下げた。

「その掛け軸のこと……どうか、よろしくお願いします」

「あい、わかった。掛け軸の修復が終わり次第、お前さんに渡すから安心おし」

「はい」

すると、菖蒲が真司に一歩、また一歩と近づいてきた。やがてふたりの距離は、まるで恋人同士が寄り添うくらいまで縮んでいく。

「え……？　え？　あ、ああああのっ、菖蒲さん⁉」

距離が突然縮まり驚いた真司は、一歩身を引こうとした。すると、菖蒲はおもむろに真司の長い前髪に触れると上にかきあげた。

視界が明るくなり、真司は急な眩しさに目を閉じてしまう。

おそるおそる目を開けてみると、頬を膨らませ、拗《す》ねている菖蒲の顔が間近にあった。真司は思わず息を飲む。

「真司、お前さんはもったいない男ぞ?」

「……え?」

「髪で顔を隠しているのは、他の妖怪と目を合わせないため、関わらないためというのはわかる。怖かったんじゃろ?」

菖蒲の真っすぐな目と確信を突く言葉に、真司は目だけを菖蒲から逸らし、黙ったまま小さく頷いた。

「お前さんの判断は人間として正しい。じゃが、もうお前さんはひとりではない」

――ひとりではない。

その言葉に、真司はゆっくり菖蒲と目を合わせる。菖蒲は真司と目が合うと、ニコッと笑った。

その笑みは、まるで真司を暗闇から救い出してくれる太陽のようだった。

「これからのお前さんには、私がついている。ゆえに! お前さんは、もっと己の心に自信を持つこと! 何事も隠すことを禁ずる! ……私が、お前さんを護《まも》ろう。周りにわかり合える者がいなければ、私がお前さんとわかち合おう」

菖蒲の言葉を聞いて過去のつらい経験や孤独だったときを思い出し、真司の目には自然と涙が溢れだした。

「っ……うっ……」

菖蒲は真司の前髪を梳《す》くように元に戻すと、今度は子をあやすようにポン……と頭を優しく叩き、体を寄せ抱きしめる。

「うっ……うぅっ……うわぁぁっ……」

「よう頑張ったな。もう、隠す必要も前髪を伸ばす必要もない。安心せぇ」

真司は泣きながら菖蒲を抱きしめ返す。

まるで、迷子だった子供がやっと親に出会えたように。

しばらくして、菖蒲は落ち着きを取り戻した真司の頭を優しく撫でると、そっと、距離を置いた。

真司は、大泣きしたことが恥ずかしく、軽く俯く。

「さて、と。そろそろ行かないとねぇ」

「もう、ですか？」

「これこれ、言ったやろう？　お前さんは、もうひとりじゃないって。せやから、そんな顔をするんちゃう」

「……はい。でも――」

子犬が寂しそうにしているように見え、菖蒲は思わず苦笑したが、すぐに優しく真司に微笑みかけた。

真司がなにか言おうとすると、菖蒲は真司の唇に自分の人さし指を当て言葉を遮る。

「それ以上の言葉は不要じゃ。……真司、明日、商店街に遊びにおいで。きっと、今よりもよい方向へと変わるじゃろう」

なにが変わるのか聞こうとする前に、菖蒲は着物の袖口からある物を取り出し、それを真司の手のひらに置いた。

菖蒲が真司に渡した物――それは、赤い数珠《じゅず》のブレスレットだった。中央には銀の鈴があり、菖蒲《しょうぶ》の花が彫られていた。

「真司、お前さんにはこれをやろう」

「これは……?」

「これは私の妖力が込めてあるブレスレットじゃ。私らはいつでも商店街に行けるが、〝人間〟は別なんよ。日付が変わる瞬間、妖怪の町である商店街と繋がっている場所を通ると、稀に迷い込んでしまう者もおる」

そう言うと、菖蒲は袖口を口元に当てクスリと笑った。

「ふふっ。お前さんの場合は『迷い込んだ』というより、私が引き込んでしまったようなものやけどね」

赤い数珠が夕日に反射してキラリと光る。今日の夕日は、この数珠のように真っ赤な空をしていた。

菖蒲は、夕日を背に真司の目を見て話を続けた。

「ともあれ、これがあれば、時刻を気にすることなく自然と商店街へと行けるじゃろうし、お前さんに悪さをする妖怪も下級なモノも寄って来ぬ。なるべく肌身離さず身に着けておくのじゃぞ？」

「あ、ありがとうございます」

菖蒲が「では、待っておるからな」と言った瞬間、突然強い風が吹きつけた。真司は風の強さに一瞬目を閉じたが、次に目を開いたときには、目の前に立っていた菖蒲の姿は忽然《こつぜん》と消えていたのだった。

＊＊＊

翌日、真司は放課後になると、さっそくあかしや橋へと走って向かっていた。

人ならざるモノとはもう関わりたくないと思っていたが、菖蒲に出会い、妖怪から初めてお礼を言われて、少しその気持ちが変わったのだ。まだ過去のことを思い出すと心が苦しくなるが、真司は信じている。

菖蒲が昨日言った『今よりもよい方向へと変わる』という言葉を。

「はぁ、はぁ……」

堺市は山の表面を削りコンクリートを埋めた場所が多く、見た目が平坦でも実は坂だったという道がとても多い街だ。だから、山道に慣れていない人は、すぐに息があがってしまう。

それは真司も同じだった。走ったせいで、橋に着いたときには息が切れ、肩は上下していた。真司は、少しでも楽になるように学ランの首元のボタンを開け、深呼吸をしながら息を整える。

目の前には、あかしや橋がある。菖蒲がくれたブレスレットに一瞬だけ目をやると、真司は再び前を向き、あかしや橋へと一歩大きく踏み出した。

その瞬間、ブレスレットが淡く光りだす。

すると、あかしや橋と書かれているプレートの文字がゆらりと揺れ、文字があ〝や〟かし橋へと変わった。後ろを振り返ると、来た道は霧に覆われ見えなくなっていた。

目の前に朱色の大きな鳥居が現れる。周りの景色は霧で見えないのに、橋の名前が記されたプレートに橋、そして、鳥居だけははっきりと見えていた。

——妖怪の町、『あやかし商店街』。

この先に進むと人間はいない。けれど、初めてここに来たときよりも怖さは感じなかった。

真司の心は少しだけ軽い。だからなのか、鳥居の中へと向かう足取りは軽く、自然と笑みが浮かんでいた。

真司があやかし商店街――つまり、妖怪が運営する妖怪だけの町へと来たのは、これで二度目である。

一度目は掛け軸のお願いのため。本日二度目は、他でもない、菖蒲に会うためだった。

真司があやかし商店街に着くと、商店街の入り口で着物を着た菖蒲が微笑みを浮かべながら待っていてくれた。

「菖蒲さん……！」

「ふふっ、よう来たね。来ると信じておったよ。む？　おやおや？　てっきり、その長い前髪を切ってくると思ったんやがねぇ」

真司は自分の長い前髪に触ると苦笑した。

最初は切ろうとしたが、この視界とこの長さに慣れており、突然バッサリと切るのに少しためらったのだ。

「切ろうとはしたんですけど、なかなか……あはは」

「お前さんのことやから、そう言うと思ったよ。だからねぇ」

そう言いながら、菖蒲は楽しそうに袖口からゴソゴソとなにかを取り出す。そして、それを真司の前髪に挿《さ》した。

「うわっ!?」

前髪を上げられ、真司は視界が明るくなったことに少し目を細める。そして、自分の頭になにか付いているのに気がついた。

どうやら、前髪を留められたらしい。

「あの……これ、なんですか?」

「ヘアピンやよ。かわいかろう?」

――そう言われても、自分じゃ見えないんですけど。

「それはね、お雪が真司にと言ったんよ」

「お雪?」

真司は、聞き覚えのある名前に、いつどこでそれを聞いたのか思い出そうとする。

「あ、そうだ。お雪さんって、菖蒲さんが僕のベッドの下を覗いているときも言っていましたね」

「うむ。まぁ、ここで立ち話もなんやから、私の家に向かおうじゃないか」

「は、はい」

真司は慌てて菖蒲の隣に並び、商店街を歩き始めた。やはり、今日の商店街もとても賑わっていた。

真司は、自分の人ならざるモノが見える体質について少し前向きになれたつもりでいたが、実際に妖怪だらけの商店街に来ると怖気づくような気持ちになった。

――人間の僕がここにいても、本当に大丈夫なのかな……？

異形《いぎょう》な姿の妖怪たちが恐ろしく、目を合わせないように下を向きながら歩いていると、大きな声で客引きをしている妖怪が現れた。

真司は下を向きながらも窺《うかが》うようにその妖怪を見ると、八百屋を営むひとつ目の男だった。一見人間のように見えるが、こめかみまで伸びている柿褐色《かきかっしょく》の頭髪に長い髭《ひげ》、そして細かい毛が全身を覆っている。そのうえ、上半身は裸だ。

「今日はきゅうりが安いよ～！　『新鮮屋』の新鮮や！　がはははっ！　さぁさぁ、買った買ったぁ!!」

なにがおかしいのか豪快に笑う半裸の妖怪に、真司は首を傾げ、隣の店をチラッと見る。

八百屋の隣はどうやら魚屋らしい。店頭には魚はもちろん、貝やカニ、お酒のおつまみにもなりそうな塩辛やタコわさびなども売られていた。

そして、それらを売る妖怪も、八百屋同様変わった姿をしていた。体は丸く頭には風呂敷を被り、達磨《だるま》のような髭の生えた顔をしているのだ。手は魚の鰭《ひれ》のようで、達磨なのか魚なのかわからない。

どの店の店主も妖怪ばかりだが、皆、元気よく店を開いていた。無論、店を訪れる客も人間には見えない。

真司がコソコソと商店街を物色していると、八百屋の妖怪に声をかけられた。

「よっ！　そこの兄ちゃんどうや？　新鮮な野菜はいらんか？」

「えっ!?」

――ぼ、僕!?

突然声をかけられた真司は驚いてしまう。すると、真司を守るかのように菖蒲が前に立った。

「これ、山童《やまわら》。野菜は今はいらんし、こやつに絡むな」

「えっ！　あ、菖蒲様!!　じゃなくて、菖蒲姐《ねえ》さんじゃねーすか。へ、へへへ……こりゃ失敬失敬」

『山童』と菖蒲に名前を呼ばれた八百屋の店主は頭《こうべ》を垂れるように謝る。

「イケてる兄ちゃんがいたんで、つい……ははは」

「は、はぁ……」

真司は曖昧な返事をする。

そう、真司は前髪をあげれば、そこそこの容姿をしているのだ。と言っても、当の本人にはまったくその自覚がないのだが。

「うむ。確かに真司はかわいいの。初心やしの。そこは認めようぞ」

——か、かわいい!?　た、確かに……昔は、母さんに女の子の服を無理やり着せられたけど……。

真司はなぜか少し複雑な気持ちになった。

そんな真司のことを山童は横目で見ると、今度は腕を組み、目を細めながら上から下までジロジロと見ていた。真司は恐怖を感じ、一歩身を引く。

「な、なんですか……?」

——うぅ……や、やっぱり怖い!

「うーん?　お前……もしかして、人間か?」

その言葉に真司はぎょっとし、顔から一気に血の気が引いた。

——バ、バレた!

真司の正体に気づいたのか、それとも山童の会話を盗み聞きしていたのか、商店街で買い物をしている他の妖怪たちも足を止め、真司のことをジーッと見始めた。

真司はどうすればいいのかわからず、菖蒲の着物の袖を引っ張る。

「大丈夫やから、そんな不安そうな顔をせんでもええ」

菖蒲は微笑みながら真司に言う。そして、山童に向き直ると、袖口を口元に当て笑いながら言った。

「この子は、お前さんの言うとおり人間やよ。この子になにか悪さをしたら、私が許さないから、そのときは……覚悟しておくことやねぇ」

山童や何気に会話を聞いていた他の妖怪たちがゴクリと息をのんだのがわかる。それくらい、先程の菖蒲は妖艶《ようえん》で、恐ろしい雰囲気が出ていたのだ。

山童や他の妖怪たちも「これは本気だ‼」と心の中で思う。中には、全身から冷や汗を流している者や顔から血の気が引いている者もいた。

真司は気づかなかっただろうが、妖怪たちは気づいている。菖蒲が少しだけ殺気を出していることに。

その場にいた妖怪たちは冷や汗をかきながら苦笑すると、そそくさとその場から逃げだした。

「い、いやですよ～、姐さ～ん。ははは……。お、おお俺らが、そんな人間をどうこうしようなんて考えていませんって！　な、なぁ、皆⁉」

「う、うんうん」

「そ、そうです、菖蒲様！」

菖蒲は、妖怪たちの言葉を聞くとニコリと微笑んだ。

「なら、ええんや。ほら、はよう行くぇ真司」

「あ、は、はいっ！」

菖蒲と真司が八百屋をあとにして歩きだすと、妖怪たちはホッと安堵の息を吐いた。

「いや～、これは妙な人間がやってきたもんだぁ。菖蒲姐さんのお気に入りかぁー。しかし、さっきの姐さん……怖かったぁ。おぉう、くわばら、くわばらっ！」

ふたりの背中を見送りながら、山童はボソリと呟いたのだった。


一方、菖蒲と真司は商店街の路地裏を歩いていた。

狭く薄暗いせいで一見怖そうに見えるが、実際は表通りの妖怪たちの客引きする声や笑い声が聞こえる。それ程怖い印象はなく、例えるなら、お祭りにある屋台裏のような雰囲気だった。

「あの……どうして、わざわざ路地裏を歩くんですか？」

「うむ。めんどくさいからじゃ」

「めんどくさい？」

なにが面倒なのかわからず、真司は首を傾げる。菖蒲は前を向き、真司の少し先を歩きながら話を続けた。

「今頃はもう、お前さんが人間だということがこの商店街中に広まっているやろうからね」

「え!?　それって大丈夫なんですか？　ぼ、僕、食べられたりするんですか……？」

「ふふっ。それはあらへんから安心しぃ。まぁ、人間ということで気になったやつらは、興味本位でお前さんに群がるやろねぇ。いちいち説明するのも面倒やしねぇ」

「……よかった。安心しましたけど……なんかすみません。僕のせいで」

真司はシュンとうなだれる。そんな真司を見て菖蒲は笑みを浮かべた。その笑みはどこまでも優しい微笑みだった。

「お前さんが気にすることはなんもあらへんよ。ここの者は、見た目はあれじゃが、よい妖怪ばかりじゃや。久しぶりに人間に会《お》うて浮かれる者もいるが……まぁ、少しいたずら好きが多かったりもするだけじゃ」

「いたずら好きですか？」

「あぁ。妖怪っていうのは、人間を脅かしてなんぼのものやからねぇ」

菖蒲は袖口を口元に当ててクスクスと笑う。だが、真司は昔話にあるような話に少し怯えていた。

昔話には、さまざまな言い伝えや物語がある。単純に妖怪が人間を驚かすという話もあるが、中には、妖怪が人間を食べるという話もある。先程、菖蒲は『それはない』と言っていたが、それでも真司は怖かった。真司はおそるおそる聞いた。

「あ、あの……昔は人間を……その、た、食べたり……していたんです、よね？」

「大昔はな」

菖蒲はためらいもなく言った。真司はその言葉に背筋がヒヤリとなる。

「そう怖がることはあらへんよ」

菖蒲は内心怖がっている真司がわかったのだろう。そう言ってまた優しく真司に微笑みかけた。

「言ったやろう？　大昔やと。まぁ、私から見たらそんな昔ではないがね。人間からしたら、ほんまの大昔のことやよ。それこそ、平安の頃にもなるねぇ」

「そ、そんな昔なんですね。はぁ……よかったです」

そう言いながら、真司はふと菖蒲の年齢について考えた。

――平安って、菖蒲さん、そんな昔からいるの!?　いったい何歳なんだろう？

見た目はそんな大昔から生きているようには見えない。せいぜい高校生や大学生、もしくは童顔の大人に見える。だから、真司は菖蒲がそんな昔から存在していることに内心驚いていた。

真司の視線に気がついたのか、菖蒲はチラリと真司を見る。目が合った真司はなんとなく気まずい気持ちになり、慌てて菖蒲から目を逸らした。

そんな真司を見て、菖蒲は「ふふっ」と笑った。

「真司や。『がしゃ髑髏《どくろ》』は知っているかえ？」

「え？　がしゃ髑髏、ですか？　……たしか、死んだ人たちの怨念《おんねん》が集まって、巨大な骨の形になった妖怪ですよね？」

菖蒲は真司の答えに感心を持つと深く頷いた。

「ほぉ。よく知っているのぉ」

――あれ……？　本当だ。僕、なんでこんなこと知っているんだろう？

妖怪のことなんて本で見たことがあるぐらいで調べたことも勉強したこともないのに、不思議とがしゃ髑髏について頭に浮かんだ。もしかしたらネットなどの情報で知ったのかもしれないと、そのとき真司は深く考えなかった。

菖蒲は前を向き、歩きながらも話を続ける。

「ま、ザッと言えばそうやの。戦死した者や野垂れ死にした者など、埋葬《まいそう》されなかった骸《むくろ》や骨の怨念が塊《かたまり》となり人間に恐れられる妖怪――あやかしになったのががしゃ髑髏なのじゃ。そのがしゃ髑髏は、人間を見つけると人々を襲い喰らっていた……が、さて、ここで問題じゃ。そのがしゃ髑髏は今、なにをしていると思う？」

「え!?」

唐突な質問に真司は困惑する。

――昔は人を食べてたんだよね。今は食べないってことは……改心してるってことだよね？　改心ってことは、優しくなっているってことだから……。

「うーん……」と、真司は歩きながら考える。しかし、いくら考えても答えは見つからなかった。

「ぶぶー、時間切れじゃ。答えはのぉ……今は、本屋の店主じゃ」

「ほ、本屋ですか!?」

思いもよらなかった答えに真司は驚きを隠せなかった。おそらく、誰もが想像できないだろう。

「図書館と言っても過言ではないの。貸し出しもやっておるしのぉ。そして、なにより広い!!　昔は人間を喰らっていたがしゃ髑髏も、今じゃ、この商店街の仲間で、唯一の本屋の店主じゃ」

「人を食べていた妖怪が、本屋さん……」

「うむ。驚くのも無理はない。おぉ、そうじゃ。今度、連れてってやろうぞ」

「えぇっ!?　い、いや、僕はいいです!!」

今は違うとはいっても、かつて人を食べていたことには変わりはない。今の真司には、まだそんな妖怪に会う勇気はなかった。

手を振りながら断っている真司を見て、菖蒲は袖口を口元に当てクスクスと笑う。菖蒲がおかしそうに笑う姿を見て、真司は恐れながらも、その妖怪の今の姿に少しだけ興味を抱いたのだった。

そんな話をしていると、あっという間に菖蒲の家の裏口へと辿り着いた。初めて来たときはわからなかったが、瓦《かわら》屋根で一階建ての木造の家と、その家を囲っている塀はどこか懐かしい風情を感じる昭和レトロな雰囲気だった。

菖蒲は、先に戸口に入ると後ろを振り返り真司に手招きする。

「ほれ、はようお入り」

真司は慌てて返事をし家の中へと入った――が、家に入った瞬間、突進してきたなにかにギューッと抱き付かれた。

「おかえりなさーい♪」

「げふっ!!」

「これ、お雪。猪の如く突進をするのはよいが、真司が困っているではないか」

ちょうど、頭がみぞおちにぶつかり真司は前のめりになる。

――突進はいいんですか!?　というか、今、サラリと避けましたよねっ!?

「あ！　ごめんなさ～い！」

てへっ、と舌を出し真司から一歩距離を置いたのは、ハーフテールにかわいらしい雪兎の髪飾りを着けた十歳くらいの女の子だった。

「えっと……？」

真司はお腹をさすりながら目の前の女の子をジッと見る。菖蒲と同じく一見人間に見える女の子は、空色の雪の結晶に雪兎が刺繍されている白いスカートのような着物を着ていた。

どうやら、彼女が菖蒲の言っていた『お雪』らしい。

「あ、君が……」

真司は自分の前髪を留めている髪飾りにそっと触れる。

「これをくれたのって……君なの？」

そう言った瞬間、お雪はかわいらしい笑顔でニコリと笑った。まさに、花のような笑みとはこのことなのだろう。

「そうだよ〜♪　うんうん！　よく似合ってるね♪」

腕を組んで鼻を高くし何度も頷くお雪に、真司はハッと部屋の中での菖蒲の行動を思い出す。

「あー!!　菖蒲さんに変なことを吹き込んだのも、もしかして君!?」

「変なこと？」

「変なことかえ？」

菖蒲とお雪は同時に言いながら首を傾げる。

「ベッドの下にイヤラシイ物を隠してるとかなんとか！」

「あぁ！　あれかー！　ねぇねぇ、菖蒲さん！　やっぱり、あった？　あった〜!?」

しかし、その返答は菖蒲ではなく真司が答えた。

「ありません！」

「なーんだぁー。ちぇ～……」

——なんで残念がるか、わからないんですけどっ!?

あからさまにガッカリしているお雪に、心の中でツッコミを入れる真司。そういう物は持っていないけれど、あのときの会話を思い出して真司は恥ずかしさでいたたまれなかった。

「ほれ、ふたりとも、はよう中に入るえ」

「はーい！」

「はぁ……」

ものの数分で早くも疲れた真司は、返事と同時に溜め息を吐いた。


真司と菖蒲、そしてお雪の三人は居間で四角いテーブルを囲んで座ってお茶を愉《たの》しんでいた。

しばらくすると、お菓子を一通り食べ終わり満足したお雪が、真司の隣にいそいそと座り向き合った。

「あのね！　あのね！　それね、私とお揃いなんだよ！　見て、雪兎なのー♪　かわいいよね！」

そう言うと、お雪はクルリと自分の後頭部を真司に見せ、雪兎の髪飾りを指す。ぬいぐるみのようにふわふわで丸い雪兎の髪飾りを見て、真司は「そうだね」と返事をしようとするが、真司が口を開く前にお雪はさらに真司に問いかけた。

「ねぇねぇ、好きな物はなに？　私はね、食べ物が好き！　ねぇねぇ、人間の男の子はムッツリって本当なの━？」

「え、あ、あの……」

真司は、間髪容れずに次々と質問をするお雪に困惑し、菖蒲に目で助けを求める。その気持ちが通じたのか、菖蒲は湯呑みをテーブルに置くと「はぁ……」と、溜め息を吐いた。

「これ、お雪。真司が困っておるぞ？」

お雪は菖蒲に注意され、ぺろっと舌を出すと、思い出したかのように「あ、そうだ！」と言った。聞きたいことがたくさんあったお雪は、知らず知らずのうちに真司に詰め寄っていた距離を再び取るとニコリと笑った。

「自己紹介まだだよね？　私は、雪芽《ゆきめ》だよー♪　皆からは、お雪って呼ばれてるの！」

「僕は、宮前真司。よろしくね、お雪ちゃん」

怖がらずに受け入れてくれたことが嬉しかったのか、お雪はパァッと花が咲くような笑顔を向けると、おもむろに真司の手をギュッと握り握手をする。

手を握られすごい勢いで握手をされた真司は一瞬驚いたが、お雪の嬉しそうな表情を見ると思わず笑みが溢れた。しかし、なかなかお雪の握手が止まらず真司は苦笑したのだった。

「あ、あははは……痛い痛い……」

そんなふたりを微笑ましく見ていた菖蒲は、思い出したように真司に提案を始めた。

「それはそうと、真司。お前さん、明日から私と一緒に管理人の仕事を手伝ってくれんかの？」

「……え？」

菖蒲の言葉に思わず聞き返してしまう真司。

「む？　聞こえなかったのかえ？」

「いえ、そういう意味では――」

「私の仕事は、商店街にいる妖怪たち、それにこの家の骨董品たちを管理することなんよ。お雪もお前さんのことを気に入っているようじゃし、その仕事を手伝ってもらえないかえ？」

真司の言葉を遮り、菖蒲はもう一度、ゆっくりと言った。真司は突然のことで頭の整理が追いつかず戸惑う。

「ちょ、ちょっと待ってください！　そうはいっても、僕は人間で……な、なんの力もありません――」

「あるじゃないか」

「え……？」

「お前さんにはすでに力がある。〝見えざるモノが見え、声が聞こえる〟という力がね」

菖蒲は袖口を口元に当て「ふふっ」と笑うと、真司と橋で出会ったときのことを思い出す。あの日、あの晩、菖蒲が商店街へと帰ろうとしたとき、真司は菖蒲を引き止めた。そして、そのあと、真司は確かにこう言った。

『……はっきりとは見えないんですけど、なにかがあるのは確かだと思ったので』と。

実はあの橋にも、人間が入れないように結界《けっかい》が張ってあったのだが、それを真司はあっさりと見抜いてしまった。結界は見えなくても、真司のその勘と目の力は確かなものだと菖蒲は思った。

――結界を見破った……なによりも、真司の魂《たましい》のこの波動……ふふふっ。

楽しそうに目を細める菖蒲とは対照的に、真司は不安にかられていた。

もし、妖怪の怒りに触れたら？　自分が人間だと、もっといろんな妖怪にバレたらどうなる？

それは、狼の群れの中に兎が飛び込むようなもの。真司は自分になにかできるという自信がなかった。そしてなによりも、菖蒲に迷惑をかけるかもしれないという不安もあった。

「確かに、普通の人にはないものですが、僕は――」

「こりゃ、まだ言うかえ？　まったく、心配性やのぉ。今まで怯えながら暮らしてぃた力をお前さんは私のそばで使っていくんよ？　怖いことはあらへんから安心おし」

真司は頭の中で菖蒲の手伝いをしない未来を想像する。その未来では、今までと変わらず人との交流をなるべく避け、人ならざるモノから逃げるような生活を送るのだろう。

それは、とても寂しい日常。

それは、とても楽しくない日常。

――そんなの……嫌だ!!

真司は決意した表情で手をギュッと握り締める。長い前髪から微かに見える真司の目――その目の奥には小さな光が宿っていた。

菖蒲はそんな真司の目を見て、彼自身がした選択を言葉にするまで待つ。

「ぼっ、僕……菖蒲さんの隣にいたいです！　今はまだ不安で、妖怪たちも怖いですけど……でっ、でも！　それでも、もっともっと自分に自信をつけられるように、上を向いて歩けるようになりたいんです！」

菖蒲は真司のその言葉を聞いて微笑んだ。菖蒲のその笑みは、どこか満足そうな顔をしていた。

「管理人言うても、住人の悩みを聞き、ときには手を貸し、見守るのが仕事じゃ。さてさて、これから大変になるえ。なにせ、この商店街は賑やかからねぇ」

菖蒲は着物の袖口を口元に当てると、真司にウインクし嬉しげに笑ったのだった。

第二幕　冬の訪れと雪女

秋も終わりが見える頃。

掛け軸の一件から二週間が経っていた。

「菖蒲さん、こんにちは」

「うむ。こんにちは」

真司と菖蒲はお昼に橋の前で待ち合わせをし、挨拶を交わす。

「では、さっそく行こうかの」

「はい！」

真司は橋を渡る前に、周りに人がいないことを確認すると、あかしや橋を渡った。

ちなみに菖蒲は周りの目など気にも留めておらず、スタスタと橋を渡っていた。

橋に一歩足を踏み入れた瞬間、あかしや橋と書かれている鉄のプレートがゆらりと揺れ、あ〝や〟かし橋へと名を変えた。辺りは濃い霧に包まれ真司たちの目の前には大きな朱色の鳥居が現れる。

ふたりがその鳥居の中を歩くと、辺りの霧は一瞬にして晴れ、誰もいない静かな橋からガヤガヤと賑わっている商店街へと一変した。

ふたりが辿り着いた場所——それは、妖怪だけの町『あやかし商店街』である。

「相変わらず賑やかですね」

「まぁな。妖怪はどんちゃん騒ぎや祭り事が大好きやからの。そこが、ここの良いところぞ？　ふふっ」

「はい」

真司がニコリと微笑み返事をすると、ふたりは商店街で買い物をしてから菖蒲の家へと向かった。

「それにしても……」

真司は「よいしょ」と言いながら袋を持ち直す。袋からはお菓子のバラエティパックや紅茶の葉などがひょこっと顔を出していた。

「お雪ちゃんと僕らだけなのに、この量は少し多いような。いや、でも、お菓子ならあっという間になくなりますね……あはは……」

「うむ。それに、そろそろ〝白雪《しらゆき》〟も帰ってくる頃やからねぇ」

聞いたことのない名前に、真司は首を傾げる。

「白雪さん、ですか？」

「うむ。白雪は雪女で、お雪の名付け親でもあり母や姉のような存在じゃ」

『雪女』と聞くと少し怖いけれど、お雪にとって、きっと大切な人に違いない。どんな姿をしているんだろう？と、自分なりに想像していると菖蒲が「あと、鍋屋の女将《おかみ》でもあるぞ」と、言った。

「へぇ～」

菖蒲の話に頷く真司は、一度も会ったことのない雪女に、少しだけ興味を持ったのだった。

菖蒲の家に着くと、ふたりは裏口へと回った。

「こんなにお菓子があったら、お雪ちゃん喜ぶだろうなぁ」

「ふふっ、そうやね」

菖蒲が楽しそうに笑うと裏口の戸を開けた。

「ただいま」

お互い無意識に声が重なってしまい、それにおかしくなり同時にクスリと笑い合った。するとドタバタと足音を鳴らし、誰かがやってくる。

「おかえりなさーい♪」

「うっ!!」

走りながらそのまま真司に突進してきた人物、ならぬ妖怪は、お雪こと雪芽だった。みぞおちにお雪の頭が直撃し軽く呻《うめ》く真司は、その衝撃で持っていた荷物を思わず落としそうになる。

お雪は真司が商店街に来訪する度に、いつもこうやって猪の如く突進――いや、勢いよく抱き付いてくるのだ。無論、本人に決して悪気はなく、むしろ真司のことを大歓迎してのことである。この光景は、もやは恒例行事となりつつあった。

「た、ただいま。お雪ちゃん」

「えへへー♪」

真司に抱き付きながら顔をあげると、お雪がニコリと笑っている。それはまるで、花が咲いたようなかわいらしい笑顔だった。

「これ、ふたりとも。はよう中に入るぇ」

「はーい！　あ、私、一個持つ！」

「ありがとう。助かるよ」

真司に礼を言われたことが嬉しかったのか、お雪は元気よく「うん」と返事をする。

そうして三人はやっと家の中へと入った。

細い廊下を歩き居間へと入ると、真司は買い物袋を全てこたつの上に乗せ、深い溜め息を吐いた。

「ねぇねぇ〜、なにを買ってきたの？　きたの〜？」

嬉しそうに言うお雪に菖蒲は「ふふっ」と笑うと、その小さな頭に手を乗せた。

「ちと、菓子等のまとめ買いじゃよ。して、お雪や、そろそろ感じぬかえ？」

「んん？」

首を傾げながらパチパチと何度も瞬きをし、しばし考えを巡らせるお雪。そして、菖蒲の言うことに気づいたのか「あー！」と大きな声をあげた。

「もしかして帰ってくるの!?　くるの〜!?」

グイグイと菖蒲の袖を引っ張るお雪の姿は、まるで子供が親におねだりをしているようにも見える。菖蒲はそんなお雪の頭を優しく撫でると深く頷いた。

「うむ。帰ってくるよ」

「やったぁ！　白雪お姉ちゃんが帰ってくる！　わーい、わーい！　お菓子もいっぱい！　わーい！」

お雪は髪飾りの雪兎みたいに菖蒲と真司の周りをぴょんぴょんと跳ねる。まるで踊っているみたいだ。

そんなお雪の喜んでいる姿を見て真司は微笑ましく思う。

菖蒲は、「さて、と」と言いながら、袖の中から細い紐を取り出すと、着物の長い袖をあっという間にたすきがけでまとめた。

「白雪が帰ってくる前になにか作ろうかね」

「はいはーい！　私、ホットケーキが食べたーい！　あと、甘いミルクティー！」

元気よく手をあげるお雪を見て微笑んでいた真司は、ふと雪女の生態について思い出した。

「あれ？　思ったんですけど、白雪さんって雪女ですよね？　鍋屋の女将さんって大丈夫なんですか？　鍋って熱いですし……」

真司は学ランの上着をハンガーにかけながら言った。

真司の思う雪女とは、暑さに耐えきれず溶けてしまう、というイメージだった。これでもし本当に溶けてしまっては、大変どころの騒ぎではない。しかし、それはいらぬ心配だったらしい。

「そこは問題ない。むしろ、熱いものは白雪の大好物やからのぉ」

「そうなんですか？　てっきり、雪女は熱いのが苦手だと思っていました」

ホッと安堵の息を吐くと、菖蒲は先程のお雪みたいに小首を傾げ数回瞬きをした。

「ん？　そうじゃぞ」

「ん？　え？　……えっとぉ、雪女って熱いの苦手なんですか？」

「うむ、基本は苦手じゃな」

「白雪さんって、雪女ですよね？」

「うむ、雪女じゃ」

「…………」

なにがなんだかわからなくなり頭痛がしてきた真司は、普段かけている黒縁眼鏡を少しあげ眉間を軽く揉んだ。すると、その頭痛の種を消し去るように、お雪が真司の裾を引っ張り、菖蒲の代わりに答えてくれた。

「あのね、白雪お姉ちゃんは、特別なんだよ〜」

「そ、そうなの？」

熱の耐性を持っている雪女なんて聞いたことがなく、真司は少し驚いた。妖怪の中にも周りとなにか違う〝特別な者〟はいるらしい。

「うむ。白雪は雪女でも稀で特別な雪女なのじゃ。簡単に言えば、物好きな雪女ということやねぇ」

「……物好きな雪女、ですか」

「なに、人柄などは実際に会えばわかるよ」

菖蒲は微笑みながら言うと、買い物袋を持って台所へと向かった。真司はなにもない天井を見上げ、まだ見ぬ変わった雪女――白雪のことを考える。

――白雪さん、かぁ。熱いものが好きな雪女……本当にどんな人なんだろう？

買ってきたお菓子でおやつタイムを始めようかとしていたとき、菖蒲が「いいことを思いついた」とばかりに、真司とお雪にある提案をしてきた。

「そういえば、真司はまだこの家の全部は見ていなかったの。お雪、白雪を待つ間、真司を案内してやろうぞ」

「そうだね！　そうしよう♪」

ちょうどお茶を飲んでいた真司の返事を待たず、お雪は引っ張るように家の奥へと真司を連れ出した。最初に案内されたのは、居間を出て廊下を真っすぐ歩き突き当たった場所だった。

「ここが厠《かわや》だよぉ～」

「といっても、現代式を取り入れウォシュレット付きの洋式じゃかの。ちなみに、便座は温度調整も可能じゃ!!」

ふふんと鼻を鳴らし自慢気に言う菖蒲。それを見て真司は苦笑した。

その次に案内された場所は、厠を出てすぐ隣のお風呂場だった。扉を開けると昔のお風呂屋さんにあるような脱衣場に、隅にはドラム式洗濯機があった。洗濯機もあるので少し広い脱衣場には驚かなかったが、その奥にある扉をお雪が開けると真司は呆然とその場で立ちつくした。

「え……ここ、本当にお風呂ですか？」

動揺する真司を見て、菖蒲もお雪も不思議そうな表情で顔を合わせる。

真司は生まれて初めて〝自宅のお風呂〟の定義について考えた。

――お風呂って、こう……ひとりかふたりが入れる浴槽があって、シャワーがあって……でっ、でも、これってどう見ても――。

「露天風呂、ですよね？」

「うむ。やはり風呂じゃな」

「だね♪」

真司の目に映る光景——それは、石のタイルが敷かれた床に、いい香りがする檜《ひのき》の大きな浴槽がドンッと中央に設置してあるというものだった。浴槽は五、六人は入れる大きさだ。

見上げるときれいな青空が見え、真司は再度確認するようにお風呂に目をやる。お風呂場自体はさほど広いわけではないが、屋根がある場所には鏡付きの洗い場があり、そのすぐ隣には浴槽がある。どう見ても、旅館やホテルにあるようなお風呂場だった。

「す、すごいですね……。あの、これ、周りは塀に囲まれてますけど、そのぉ……の、覗きとか……ないんですか？」

言うのが恥ずかしかったのか、真司の頬は少し赤くなった。真司の問いかけに、菖蒲とお雪が答える。

「そこは安心おしや」

「ここはねー、基本的に菖蒲さんの結界が張ってあるの～」

「結界？」

真司はまた空を見上げる。真司の目にはなにも見えず、空が広がっているだけで、結界が張ってあるかどうかはわからなかった。

――ほ、本当に結界っていうのが張ってあるの？

目を凝らし空を見上げていると、隣にいる菖蒲が突然深く頷いた。

「うむ。世の中には変な輩《やから》もいるからの」

「変な輩、ですか？」

「うむ。変な輩じゃ」

「変な輩ー♪　あははは♪」

そこはあまり深く聞いちゃだめなのかと思った真司は、これといって菖蒲に追求しないことにした。

菖蒲は真司の腕を掴むと「ほれ、次に行くぞ」と、そそくさとその場をあとにした。

その後、台所や余っている部屋、現在使われている部屋、物置部屋など真司は家の中を次々に案内された。

家の外見からしたら、さほど広くない平屋のはずなのに、中に入ってみると、まるで老舗の旅館みたいに広かった。なにがどうなって外観と家の中がこうちぐはぐになるのか、すべてが謎だらけだった。

そして、最後に案内されたのは、真司が前も入ったことのある場所――骨董品がたくさん置いてある部屋だった。

「ここは表玄関だよ～♪」

「うむ。以前もちと言うたが、もともとは骨董屋でな。カウンターはもちろん、入り口もそのままにしておる。まぁ、来客用の玄関と思っておくんなまし」

真司は部屋を見渡すと、部屋にある骨董の種類とその数に感嘆《かんたん》の息を吐く。

「やっぱり、この部屋はすごいです……」

飾られている骨董品の数々を見ていると、どこかから囁くような話し声が聞こえる。

真司は菖蒲とお雪の方を見た。

「菖蒲さん、今なにか言いましたか?」

「いーや。なにも言っておらぬよ」

菖蒲がそう言った途端、周りからからかうように笑う複数の声が聞こえてきた。

「いたずらし甲斐のある人間だ」

「久しぶりの人間だ♪　おもしろい♪」

「クスクス」

この部屋には菖蒲とお雪、そして真司しかない。それなのに、それ以外の話し声がどこからか聞こえ、真司はその場で困惑した。

するとお雪が腰に手を当て、頬をぷくっと膨らませると「もう、みんな!　真司お兄ちゃんをイジめちゃだめだよー!」と言った。

「お、お雪、ちゃん……?　いったい、誰に――」

お雪が誰に話しかけているのかわからないでいると、見かねた菖蒲が真司の肩をポンと叩いた。

「真司や。お前さんに聞こえている声は、ここの骨董たちのものじゃ」

「骨董、たち……？　えぇっ⁉」

真司が驚くと、今度はクスクスと笑う声が大きくなる。

「そうじゃ、これは言うてなかったが、お雪もこの骨董たちと同じなんよ」

「えぇっ⁉　お雪ちゃんも⁉」

「はーい♪　私も、ここのみんなと同じだよ～」

真司は元気に手を上げるお雪を、失礼なのは重々承知で上から下までしげしげと観察してしまう。

お雪は菖蒲同様に一見人間の女の子にしか見えない。

それをこの部屋の骨董たちと同じだと言われれば、じっくりと見てしまうのもしかたがない。

「えへへ～、そんなに見られると恥ずかしいなぁ♪　照れちゃうよ～」

「これと同じ骨董品……なんだ、よね？」

「そうだよ！」

てへっと笑うお雪に対して、まだ困惑する真司。すると、菖蒲が真司の名前を呼び、ある方向を指さした。

「ほれ、真司。あれを見んしゃい。あれが、お雪の本体じゃ」

「こ、これが……？」

そこには、小さなカウンターに置かれている陶器があった。この陶器に真司は覚えがある。そう、真司が初めてこの部屋に入ったとき、帰り際に目に付いた物だ。

真司は、そっと陶器に触れる。湯呑みに見えるそれは、少しだけ端が欠けていたが真っ白できれいな陶器だった。陶器の腰の部分には雪兎の絵が描かれている。

真司は、手に持つ陶器とお雪を交互に見る。

――陶器も雪兎……着物も髪飾りも雪兎……。

たしかに、陶器とお雪には共通している部分が多い。

「ふふっ、納得したかえ？」

「は、はい。と言っても、少しだけですけど……。でも、どうして人の姿に？」

お雪がこの骨董たちと同じというのなら、なぜ、彼女だけが人の姿をしているのか。

真司にはそれが疑問だった。

「お雪は強い想いから作られ、長い年月とともに大事にされているからねぇ。前にも言うたが、年月が経つと物には生命が宿る。そして、強い力を持つ者に大事にされた物は実体化もできるんよ。人に姿を見せることもな」

「物に生命が宿る……。それって、もしかして、付喪神《つくもがみ》ですか？」

「うむ。先程の声の主も所謂《いわゆる》付喪神に入るが……お雪は別格の付喪神じゃ。あぁ、がしゃ髑髏と同じじゃねぇ。がしゃ髑髏は怨念の塊。しかし、お雪はその逆——想いの塊なのじゃ」

　そう言って、菖蒲はほかの骨董たちと楽しそうに話しをしているお雪を優しい眼差しで見た。

「普通の骨董もあるが、この部屋にはお雪みたいな付喪神が宿った骨董品も置いてある。……良き主人をなくした付喪神は、行き場をなくしてここに滞在し、次の主人が見つかれば自らの意思で去って行く。ここは来客用の玄関として使っておるが、付喪神が集まる場所でもあるということを覚えておいておくれ」

　菖蒲はふわりと笑って言う。

　真司は改めて飾られている骨董たちを見る。真司の目には、どれが付喪神でどれが普通の骨董品なのかはわからないが、ここが〝物〟たちにとって、とても大切な場所だということはわかった。

　居間に戻り、再びみんなでお茶とお菓子をいただく。シンと静かな室内に、外の賑やかな声が少しだけ聞こえている。

真司は「平和だなぁ」と心地よさに浸る。こたつの天板に頬を付け、まったりとしていると、その心地よさとこたつの温かさから思わず口元がにやぁ〜となった。隣では、菖蒲がズズズーッと音を鳴らしお茶を飲んでいた。

ゆるーいひとときに、真司は次第に眠くなる。

「ふぁ〜ぁ」と、伸びをしつつ大きく欠伸《あくび》をすると、ふと、目の前に冷気が漂った。欠伸をしたときに出た涙を指で拭っていると目の前をなにかが通る。通り過ぎたと思ったら、それは真司のところまで戻るとヒラヒラと辺りを飛んでいた。

「え……？　蝶《ちょう》？　いつの間に」

目の前には、真っ白な蝶が一羽飛んでいたのだ。真司はそれを目で追う。

お茶を飲んでいた菖蒲は湯呑みをこたつの上に置き、右手を宙にかざす。すると、飛んでいた蝶が菖蒲の指に静かに止まった。

「この季節に蝶って変ですね。それに、真っ白ですし。初めて見る蝶です。きれいですねぇ……まるで、氷細工みたいです」

「ふふっ。驚くのはまだ早いぞ？　ほれ、この蝶に少し触れてみい」

「え？　は、はい……」

真司はおそるおそる菖蒲の指に止まっている蝶に触れてみる。すると、冷気が指先から伝わり、思わず蝶から手を離してしまった。

「うわっ!?　冷た!!　な、なんですか、この蝶!?」

「白雪お姉ちゃんだ！」

絵を描いていたお雪がパッと顔をあげ、こたつから飛び出しそうな勢いで体を起こしながら蝶に向かって言った。

その言葉に真司は呆然となる。

「……え？　白雪お姉ちゃん？　ま、まままさか……これが……この蝶が、白雪、さん？」

——雪女って、蝶にも姿を変えられるんだ!?

すごいと思った瞬間、クスクスと笑う声が聞こえた。

「うふふっ。おもしろいお方ね」

「へ？」

蝶は、ふっと菖蒲の指から離れ、そのまま居間の入り口の方へと飛んでいった。

真司が蝶の飛んでいく先を目で追うと、その姿はもう蝶ではなく美しい女性へと変わっていた。

真司は、菖蒲とは違う美しさに思わず見惚《みと》れてしまう。その姿は、絵本から飛び出したように美しく、また、儚《はかな》い印象で心を惹きつける不思議な魅力を持っていた。

銀色の真っすぐ伸びた髪は氷砂糖のように透明感があり、雪の結晶をモチーフにした簪《かんざし》でハーフアップにまとめられている。真っすぐ切られた前髪からは、紺瑠璃色《こんるりいろ》の優しい瞳が覗いていた。

着物は雪のように白く、袖や足元だけは淡い蒼色《あおいろ》。そして、蒼色の部分だけに雪の結晶の刺繍が散りばめられていた。帯は渋い赤で、先程まで飛んでいたような真っ白な蝶が刺繍されている。文庫結びをしてサイドに垂れる長い帯は、まるで蝶の後ろの二枚の羽である後翅《こうし》みたいだった。

歳は二十歳ぐらいだろうか？　少しだけ、お雪にも似ているような気がする。

きっと、お雪が大人になればこんな姿なのだろうと少し思わせる。「お姉ちゃん」と呼ぶのも無理はないと思った。

「白雪お姉ちゃーん!!」

ドンッと白雪に向かって突進するお雪を、白雪は両手を広げ優しく受け止めた。

「雪芽、久しぶり」

白雪は我が子を迎えに来たかのように優しい声音でギュッと抱きしめる。

「えへへ～」

「うふふ」

そして、ふたりは笑い合った。まるで、本当の姉妹や親子みたいに。

「白雪や。久しいの」

「はい、菖蒲様。お久しぶりでございます」

お雪から離れてすっとその場に正座をすると、白雪は菖蒲に向かって深々と頭を下げた。

──え？　今、『菖蒲様』って言った？

真司は首を傾げながら、談話するふたりを見る。

──他の妖怪たちも菖蒲さんに『様』をつけて……いつも、目上の人みたいに接してたっけ。菖蒲さんって本当に何者なんだろう？

そうぼんやり思っていると白雪に「あなたが真司様ですね？」と、突然名前を呼ばれ真司はハッと我に返った。

「え!?　あ、はい！　宮前真司です！　よ、よろしくお願いします！」

「真司様。雪芽が、いつもお世話になっております」

そう言うと、白雪は真司にも律儀に頭を下げたので、慌てて手を振った。

「いえいえっ！　あの、そんなにかしこまらなくて大丈夫です！　それに『様』なんてつけずに、普通に呼んでください！　むしろ、そっちの方が嬉しいというか──」

「ふふふっ」

真司は、なぜ、白雪が笑ったのかわからなくて首を傾げる。横を見ると、そばで見ていた菖蒲も同じように袖を口元に当ててクスクスと笑っていた。

「あ、失礼しました。菖蒲様から聞いたとおりのお方だな……と思いましたので、つい」

「菖蒲さんから？」

真司が菖蒲を見ると、菖蒲は目を細め笑った。

「ふふっ、それは、それはな……」

「それは、なんですか？」

「それはー？　なにー？」

先程から黙ったまま白雪のそばにいたお雪も真司のあとに続く。すると、菖蒲は人さし指を口元に当て「秘密じゃ」と、ウインクしながら言った。

その瞬間、ガクッとうなだれる真司を見て、今度はお雪も笑った。

「あはは〜っ、おもしろいねぇ〜」

「うふふっ」

――僕は全然面白くないんだけど……！

不貞腐《ふてくさ》れたような顔をし、内心モヤモヤする真司だった。

菖蒲の家は白雪が来てから一段と賑やかになった。

こたつに入りながら熱いお茶を飲んでいる白雪を見て、真司は白雪が今までどこでなにをしていたのかを尋ねてみた。

「あの、白雪さんは、どうして旅をしているんですか？　今までどこに行っていたんでしょうか？」

「日本の南にいました。旅を始めた理由はしごく単純な理由です。ただ、人間の街に興味があったからです」

「興味ですか？」

真司の問いかけに白雪は微笑んで、手に持っていた湯呑みをこたつの上に置いた。

「長い間、私はこの商店街で過ごしてきました。その間に私の知る〝人間の街〟もだいぶ変わってしまいました……私は、それをこの目で見てみたくなったんです。どう変わり、また、逆に変わらないものはあるのだろうかと」

白雪が今までどんな風景を見てきたかは真司にはわからない。けれど、微笑んでいる白雪の表情を見て真司は「なにか見つかったんだな」と思ったのだった。

白雪は、また湯呑みを持つとお茶を飲みホッと息を吐く。そんな白雪を見て、真司は今さらながら〝あること〟について白雪に聞いてみた。

「……ちょっとした疑問なんですが、白雪さんは雪女ですよね？　どうして熱いのが平気なんですか？」

「ふふっ、溶けると思いましたか？」

微笑みながら言われた真司は図星を突かれギクリとなる。雪女イコール暑さに弱いというイメージを、確かに持っていたからだ。

「……す、少しは」

「昔……と言っても、初代に近い雪女は熱いのが苦手で、真司さんの言うとおり、温かい場所に行くと溶けた事例もあるらしいです。でも、時代を経て体質も変わり、溶けない体になったんです」

「へぇ〜」

真司は雪女のことを知り、深く頷いた。

「もちろん、体質が変わった今も、本質的に〝苦手〟という雪女は多いですが、私は、昔から温かいものに興味があったんです。それこそ、他の雪女からは『変わり者』と言われたこともありました」

変わり者——その言葉は、真司にも当てはまっていた。

人ならざるモノが見え、声が聞こえる真司は他の人間からにしたら変わり者にしか見えない。白雪が他の雪女にどういう扱いを受けていたのかわからないが、真司は妖怪にも自分と同じような人がいるんだな……と思うと同時に、妖怪のそれぞれのありかたや個性について興味を抱いたのだった。

すると、ふと思い出したかのように、白雪が周りをキョロキョロと見回し頬に手を当て首を傾げた。

「菖蒲様、あの子たちの姿が見当たらないようですが」

「あぁ、あの子らか。あの子らも、お前さんと同じく出かけたよ」

「そうですか。ふふっ」

菖蒲と白雪の話に、真司がおそるおそる会話に入るように手をあげる。

「あのぉ……あの子たちって誰のことですか？」

「お雪と同じ、付喪神のことじゃよ」

「え、付喪神ですか？　それって、あの部屋にいた骨董品たちのことですよね？」

真司の隣でゴロゴロしているお雪が「はいはーい！」と、突然手をあげ会話に参加する。

「あのね、あのねー、動ける付喪神はね、みんなフラーッと旅立っちゃうの～」

「皆、新しい主を探していろんなところに行くんです。雪芽以外にも人の姿にもなれる付喪神がいるんですよ」

そう言うと、白雪はお雪の小さな頭を優しく撫でた。お雪は気持ちよさそうな顔をし白雪に寄り添い甘える。白雪はそんなお雪を見て微笑むと、話を続けた。

「目的がなくても旅をする付喪神もいますね。里帰りをするとか」

真司は菖蒲が似たようなことを言っていたのを思い出し、頭を撫でられ子猫のように喉を鳴らすお雪を見る。

「なら、お雪ちゃんもいずれどこかに行くの？」

真司の言葉にお雪はキョトンとした顔をすると、ニコリと笑い首を横に振った。

「ううん。私はここが好きだからずっといるよ！　白雪お姉ちゃんと菖蒲さんのところにずーっと留まるつもりだよ♪」

「そうなんだ」

元気いっぱいで、いつも場を明るくしてくれるかわいらしい女の子。そんな子がいなくなってしまったら、きっと、この家は寂しくなるだろう。だからこそ、真司はお雪がいなくならないことにホッとした。

菖蒲は飲み終わった湯呑みをこたつの上に置くとすっと立ち上がった。

「さて、と。話はそこまでにして、さっそくホットケーキを焼くかの」

「あ、僕も手伝います」

「うむ。おおきに」

「私も～♪　お腹空いた♪　空いた♪　空いたー！」

「私は……せっかくなので、こたつで温まっています～」

「ふぁ……」と、小さく欠伸をする白雪を見て菖蒲と真司、それに、お雪までもがクスクスと笑ったのだった。

三人で作ったホットケーキを前にすると、白雪は「まぁ、おいしそう！」と言い、目をキラキラとさせた。白雪にも、案外子供っぽいところがあるようだ。

「さぁ、たんとお食べよ」

「わーい！」

菖蒲が促すと、お雪は嬉しそうに両手を上げる。さっきお菓子を食べたのというように、そんなことおかまいなしにホットケーキを口に運ぶ。出来たてのホットケーキは熱く、湯気が立っていた。バターとホットケーキの甘い香りが、真司の胃を刺激する。

「ほれ、真司もお食べんしゃい」

「は、はい」

菖蒲がホットケーキが乗ったお皿を渡すと、真司はジッとそれを見た。

――ホットケーキなんて久しぶりだな。

真司はナイフとフォークを持ち、ホットケーキを切り分け口に入れる。

ただホットケーキミックスに牛乳と卵を入れただけの簡単なものなのに、なぜかすごくおいしく感じた。

「……おいしいです」

それはたぶん、同じ食べ物を皆で囲んで食べているからだろう。家族とは毎日食事を共にしているが、人との交流をなるべく避けている真司は、こうやって大勢で食事をすることは少なかった。それが嬉しく、思わず笑みが溢れたのだった。

ホットケーキを食べ終え、温かい紅茶を飲み一段落すると、白雪は壁の時計を見た。掛け時計の振り子がチクタク音を鳴らしながら左右に揺れる。時計の針は午後三時を指していた。

「あら、もうこんな時間。お店の準備をしないと」

白雪がそう言うと、菖蒲も時計を見て「ふむ……」と呟いた。

「久しぶりに帰ってきたのじゃし、今夜は少々混むかもしれんの」

白雪が言った『お店』という言葉に、真司は白雪が鍋屋の主人だということを思い出した。

「お鍋屋さんかぁ……そういうの行ったことないなぁ」

「なら、ぜひお越しください」

「お鍋食べる～！」

両手を広げ喜ぶお雪。菖蒲はそんなお雪を見て「決まりやね」と微笑んだ。

「というわけじゃ。真司、今日の夕飯はこっちで食べるとええ」

「えっ!?　い、いえ、僕は——」

夜に妖怪のお店でご飯を食べるなんて、まだ妖怪に慣れていない真司にとっては少し怖かった。でも、せっかくの菖蒲の誘いを断るのは心苦しく、結局、家族に『友達の家でご飯を食べることになった』と連絡をし、夕飯は白雪のお店で食べることになった。

「では、菖蒲様、真司さん。私は一足お先にお店に行きますね」

白雪はすっと立つと菖蒲と真司に頭を下げ「いってきます」という挨拶の代わりにニコリと微笑み、菖蒲の家をあとにした。

真司は改めて菖蒲に白雪のお店のことを聞く。

「そういえば、白雪さんのお店ってどこにあるんですか？」

「真向かいじゃな」

「え？　向かい……って、目の前ですか!?」

「おむかいさーん♪」

まさかのことに真司は驚く。

よくよく考えてみれば、他のお店は日が落ちる頃には明かりがついているが、向かいの建物だけは夜になっても明かりがついているのを見たことがなかった。それは白雪が不在だったからなのだろう。

こたつの上に置いてある急須を持ち、湯呑みにお茶を足す菖蒲。すると、お雪がパッと顔をあげ玄関の方を見た。

「白雪お姉ちゃん!」

「え?」

真司もつられて玄関の方を見る。耳を澄ますと微かに足音が聞こえ、その足音は慌ただしそうに真司と菖蒲がいる居間へと向かって来ていた。

――お雪ちゃん、耳がいいなぁ。

そう思っていると、白雪が青ざめた顔で「たっ、大変です!!」と言いながら居間に舞い戻ってきた。

真司は驚いた様子で白雪を見ると、「どっ、どうしたんですか?」と尋ねた。菖蒲も同じく怪訝《けげん》な顔をする。

「なんじゃ?」

「いっ、今、お店の冷蔵庫の中を見たら食材が……食材がなかったんです!!」

「えっ!?」

真司が驚いていると菖蒲は呆れたように溜め息を吐き、やれやれと言わんばかりに首を横に小さく振った。

「そりゃ、白雪や。お前さん、今まで長旅に行っていたからの。行く前に『中のお野菜たちを使い切らなきゃ』と、言っていたではないか」

白雪は口元に手を当ててハッとなり、そのときのことを思い出すと、まるで子供が怒られたかのようにしゅんとしょぼくれた。

「そうでした……。どうしましょう……お店を開くと、ご近所さんに声をかけてしまったので、今日は混むと思いますし……かと言って、臨時休業にするのもせっかく来てくれたお客様に申し訳ないですし……」

白雪は、困ったような顔をして「はぁ……」と溜め息を吐く。

お店を開けるのには、まず材料がいる。それがないとなると、お店は永遠に開けられないことになる。

うっかりした人だなと思う一方、困っている白雪をなんとかして助けてあげたいと思うが、真司はどうしたら助けてあげることができるのかわからなかった。

「菖蒲さん……」

助言を求めるように菖蒲を見ると、菖蒲は顎に手をやり「ふむ……」と呟きながら考える。

「白雪お姉ちゃん大丈夫……？」

「え、えぇ……心配かけてごめんなさいね、雪芽」

お雪に心配をかけないように笑顔を作り、頭を撫でる白雪。すると、菖蒲はなにか閃《ひらめ》いたのか真司を見た。

「そうじゃ。ちと商店街の者に声をかけてみようかの。白雪が大変なことを知れば、手助けしてくれるかもしれぬ。真司、手伝ってくれぬか？」

菖蒲の提案に真司は返事をすることができなかった。

真司は、まだひとりで商店街を歩き回る自信がなく、自分から妖怪に声をかけることもできそうになかった。今までも、菖蒲の家まで来るのに、菖蒲に迎えにきてもらっているか妖怪のいない路地裏を歩いている。

白雪を助けたいという気持ちと怖いという気持ちが天秤にかけられているようにグラグラと揺れていた。それを察した菖蒲は、お雪の名前を呼んだ。

「お雪、真司を手伝っておやり。財布は真司が持っておくとええ。まぁ、今日は使うことはないと思うが、一応渡しておこう」

「はーい♪」

「わっ、私もご近所でなにかお裾分けしてもらえるものがないか聞いてみます!!」

「仕込みもあるゆえ、遠方まで買い物に行く時間もないからね。では、白雪とお雪、真司は食材集め、私は私でできることをやってみよう」

そう言って菖蒲は立ち上がり、真司の腕を引っ張り無理やり立たせた。

「あっ菖蒲さん!?」

「さぁ、真司。一緒に白雪を助けようぞ」

揺れていた気持ちが、菖蒲の手に引っ張られて固まった。まるで暗闇から手を差し伸べ光の場所へと導いてくれるみたいに、不思議と真司の不安がフッと消えた。

しかし、いざ商店街の表通りへと出ると、真司は不安と恐怖から顔が自然と俯き手が微かに震えてしまう。

――だっ、大丈夫……！　今日まで、ここには何度も来ているし、少しは妖怪にも慣れた気がするし……！

俯いていた顔を少しあげ、商店街を歩く妖怪たちを見る。道行く妖怪たちは、首が異様に長かったり、鋭い牙や爪が生えていたり、腕が何本もあったりと明らかに異形な者ばかりで、とてもじゃないが目を合わせることも顔をあげることもできなかった。

すると菖蒲が真司の肩をポンと優しく叩いた。

「真司、なんも怖いことはあらへんよ。安心おし」

「菖蒲さん……そ、そうですね。うん、大丈夫……」

自分に言い聞かせるように言う真司。

「真司お兄ちゃん、大丈夫！　私に任せて♪」

「えっ⁉　ちょっ、お雪ちゃん⁉」

「あっ、雪芽!!」

お雪は真司の手を握ると、真司と一緒にそのまま商店街へ消えてしまった。菖蒲は呆気に取られ、白雪は慌ててお雪のあとを追って行った。

「おやおや」

残された菖蒲は小さく笑う。

「やはり、たまにはお雪みたいに強引に行かなければならないかねぇ。ふふっ」

お雪に引っ張られるがままに商店街の表通りを歩くことになった真司だが、お雪の足がピタッと止まると肩で息をしながら手に膝をついた。

——お、お雪ちゃん……意外と足が速い……。

後ろを振り返ってみると、そこには菖蒲も白雪もいなかった。菖蒲たちとはぐれてしまい真司は不安になるが、その不安もお雪の大きな声によってかき消された。

「すみませーん!!」

「あぁ? なんでぇ、お雪やないか。……と、そっ、そこにおるのは、あのときの人間っ!?」

「え……?」

真司はそこでようやく顔をあげると、お雪が声をかけた妖怪に「あれ……?」と首を傾げた。

上半身が裸で口髭がすごい妖怪に、真司は見覚えがあった。

「あなたは、八百屋さんの……えっと、名前なんでしたっけ?」

「山童や、山童！」

「……あ、そんな名前でしたね」

「見た目に反して失礼な人間やなぁ～。まぁ、別にええけど。で、お雪、なんや、その人間とおつかいか？」

お雪は首を横に振ると、山童に事情を説明をした。

山童は話を聞き終えると腕を組み「そりゃぁ、大変や」と言い、売り場にある野菜を袋に入れ、その袋を真司に手渡した。

「ほれ、これ持っていけ。白雪姐さんには昔からご贔屓《ひいき》にしてもらって世話になってるし、緊急時に代金せびるのも山童の名が廃《すた》るっちゅうもんよ」

「え、あ、あの……ありがとう、ございます」

「お、おう」

山童はそっぽを向き、気まずそうな顔で口髭に触る。真司はなんとか野菜を確保できたのが嬉しく、自然と口角が上がっていた。

隣の魚屋の店主も話を聞いていたのか、真司の肩をポンポンと叩くと「んだ」と言いながら真司に大きな袋を手渡した。

「わわっ！」

「やるべ。ごまっだら助げあう……ごれ、常識」

真司は袋の中を見る。中には新鮮な貝や魚や刺身などがたくさん入っていた。

「あ、ありがとうございます……」

「んだ」

「えっとぉ……」

真司は、この達磨なようで達磨ではない彼の名前がわからずなんと呼べばいいか困ってしまう。すると、達磨のような彼が体ごと傾け真司に言った。

「自己紹介しでながったべ？」

「はぁ、まぁ……」

彼の言葉に、曖昧な返事をする真司。

「んだば、挨拶するべ。オラァ、木魚《もくぎょ》達磨いうべ。よろしぐ」

「木魚達磨さんですか。ぼ、僕は宮前真司です。よ、よろしくお願いします……」

——やっぱり達磨なんだ……。

達磨なのかそうでないのか密かに気になっていた真司は、彼の正体がわかりスッキリした気持ちになる。が、そのあとのひとことで、そんな気持ちは覆《くつがえ》ることになる。

「オラァ、もどは木魚の付喪神だべ」

「え!?　そうなんですか!?」

——達磨じゃなかったんだ！

隣にいる山童が親指で木魚達磨を指す。

「こいつぁ、菖蒲姐さんの紹介で働いとるんや。……ち、ちなみに、俺は人間からは『山の河童』と言われとるで」

自己紹介なんて今さらで気恥ずかしいのか、山童はそっぽを向きながらボソリと自分のことを少しだけ話す。すると、木魚達磨が頷くように体を前に一回傾けた。

「んだ。オラァ、長く生きてきた。人間を驚かせるのも飽きたべ。他になにかしたいと思ったべ。んだら、菖蒲様がこの商店街を紹介しでぐれで、オラには魚屋がええど言うべ」

「……は、はぁ」

木魚達磨も山童も、その頃のことを思い出すように目を細め嬉しそうに話を続ける。

「すっがり、オラの天職になったべ。ほんどうは住職か悩んだげど、オラァ、こっちの方が好ぎだ」

「やな！　ちなみに俺もや！」

すると、お雪が真司の服をクイッと引っ張った。

「お兄ちゃん、お野菜とお魚もらえてよかったね！」

「うん」

笑顔で言うお雪につられ、真司の口角も自然と上がる。真司は本当に食材を無料でもらってもいいのだろうかと思ったが、ふと、外に出る前の菖蒲の言葉を思い出す。

『まぁ、今日は使うことはないと思うが、一応渡じておこう』と菖蒲は言い、財布を真司に手渡した。菖蒲は、白雪が困っていると知ると妖怪たちが食材を分けてくれることをすでに予想していたのだ。お互いに支え合い助け合う行動は、人も妖怪も変わらないものだと知った真司は、怖がらずに山童と木魚達磨を見た。

「あの、なにかこのお礼をさせてください」

その申し出に、山童と木魚達磨はポカンとした表情で真司を見ると、互いに顔を合わせニヤリとした表情で真司の背中を叩いた。

「お礼なんてええっちゅうねん！　木魚達磨も言うたやろ？　困ったら助け合うって。んなもん気にする必要ないない」

「んだ。お礼はいらないべ。その気持ちだけで充分嬉しいべ」

その言葉に真司はまた自然と口角が上がり、小さな笑みが溢れた。見た目は怖いと思っていたが、その優しさが真司の心を温かくする。

するど、クイクイッとお雪が真司の服をまた引っ張った。

「真司お兄ちゃん、早く次のところに行かなきゃ」

「あ、そうだね」

真司は改めて木魚達磨と山童にお礼を言おうと口を開く……が、お礼を言う前にお雪がニコリと笑い、また、真司を引っ張って走りだしたのだった。

「次はお肉屋さーん♪」

「ちょっ、お雪ちゃん!?」

「レッツゴー!!」

あっという間に去っていった真司とお雪に、山童はあんぐりと口を開け立ちつくす。

すると、木魚達磨がボソリと山童に呟いた。

「人間、いい子だべ」

「ま、まぁな……俺ら妖怪に礼させてくれ言うのも変な奴や」

そう言いながら、やれやれ……といった様子で頭を掻く山童だった。


その後、真司はお雪に引っ張られるがままに商店街を歩き、いろいろな妖怪に声をかけては食材やおかずのお裾分けをもらっていた。真司とお雪の両手には、抱えきれない程の袋がある。真司は人気《ひとけ》のない場所に来ると袋を地面に置き「ふぅ……」と息を吐いた。

「もう持てないね」

——あと、お雪ちゃんの足が思ってたより速くて疲れた……。

真司が「はぁ……」と溜め息を吐いたとき、遠くの方から「雪芽〜」という白雪の声が聞こえてきた。白雪の手にも貰い物の袋があり、白雪は息を切らしながらふたりのもとへと駆け寄った。

「はぁ～、やっと追いつきました。雪芽ったら……もう、ひとりで真司さんを連れ回しちゃだめでしょう？」

「ごめんなさーい。でも、楽しかった♪　ね、真司お兄ちゃん♪」

話をふられた真司は、お雪と行ったお店や妖怪たちのことを思い出す。八百屋と魚屋の妖怪、肉屋の妖怪、お裾分けをもらったひとつ足の妖怪など、たくさんの妖怪に助けてもらった。皆、見た目のわりに優しいのだ。楽しかったかと言われるとよくわからないが、お雪に連れられて歩く商店街はなんだか新鮮だった。きっと、これが『楽しい』ということなのかもしれないと、真司は思った。

真司はニコリと笑うお雪を見て、笑みを返した。

「うん、そうだね」

「ふふっ。それなら、よかったです。では、材料も集まったことですし、お店に戻りましょう。腕によりをかけておもてなしをさせて頂きますね！」

白雪がそう言うと、三人は両手いっぱいの袋を持って白雪の鍋屋へと戻ったのだった。

＊＊＊

日が落ちて空がオレンジ色になった頃、白雪は暖簾と看板の電気を点けるために外へ出た。

「よいしょっと」

白雪は、暖簾を外にかけ、電気を点ける。看板と暖簾には【なごみ】と書いてあった。

真司とお雪、そして菖蒲は、お座敷の端に腰を下ろしていた。白雪の計《はか》らいで真司たちの席には衝立《ついたて》が置かれ、他の妖怪たちからは見えないようになっている。

菖蒲は家にある食材で簡単な料理を作ったり、白雪と一緒に野菜を切ったりして下ごしらえを終えたあと、白雪が淹れてくれた温かい日本茶をズズーと音を鳴らしながら飲んでいた。

「お鍋～お鍋～♪」

ルンルン気分で鍋を待つお雪に真司はクスリと笑うと、お店をぐるりと見回す。

「これが鍋屋さんなんですねぇ」

店内には、お座敷と小さなカウンター席があった。壁には【お勧め品】と書かれた紙のメニューが貼ってある以外はシンプルで、時計とお雪が書いただろう絵と、風景画の掛け軸が飾ってあるだけだった。

真司は傍らにある紐綴じのメニュー表を手に取り、どんなものがあるのかとパラパラと目を通す。材料が足りず全ての料理を提供できないため、一部のメニューには【品切れ】と書かれた猫の形の付箋が貼ってあった。それでも、どんなメニューがあるのか知ることはできる。

「鴨肉鍋、牛すじ鍋、すき焼き、鯛の柚子《ゆず》鍋、鹿鍋……え!? 鹿鍋!?」

鹿鍋なんて聞いたことがなく、驚く真司に対して菖蒲は平然とした表情で「意外とおいしいんやよ」と言った。

他にも鍋の種類はたくさんあり、それ以外にもおつまみやおかず、子供が好きなデザート、大人が楽しめるお酒も揃っていた。

もちろん、その数は鍋の種類に比べるとかなり少ない。それでも、これだけの数の鍋があるということに真司は驚いた。

「す、すごいですね。どれにしようか悩みますね」

「はいはーい! すき焼きがいいー♪」

「品切れの付箋も貼ってないし、じゃあ、それにしようか」

迷う暇もなく鍋を決められた真司は、白雪の様子が気になり、衝立から覗き込むように様子を見るとその光景にさらに驚いた。

「えっ!?　いつの間に!!」

まだ開店して間もないというのに、いつの間にかほとんど席が埋まっていたのだ。

白雪は着物の袖をたすきがけでまとめ、あの優しい笑顔でテキパキと接客をしていた。

「す、すごいです……これだけの人数をひとりでこなすなんて」

「まぁな。なによりも、ここの住人たちは待つことが平気やしねぇ。人間みたいに『まだか』などと言う者はおらんのよ」

ズズズーとお茶を飲む菖蒲に、真司は「確かに」と思った。

昔はどうかわからないけれど、人間の世界のお店では、待たされるとイライラしたり、そのイライラで従業員に八つ当たりしたりする人もいた。そのお店も忙しそうなのに、お客は舌打ちをし、他のお客もうんざりしたような顔をしていたことを真司は思い出した。

それに対して、このお店にいるお客は、ニコニコと笑い、店員の白雪も楽しそうに笑っていた。仕事をしている者も料理を待つお客も、皆が皆笑っているのだ。

またひとつ、妖怪と人間の違いに気づくと、ふと、白雪と目が合った。真司は慌てて白雪から目を逸らし座り直す。

すると、白雪が真司たちの座敷にひょっこりと顔を出した。

「お待たせしてすみません」

「いっ、いえ！　大丈夫です！」

「白雪お姉ちゃん、すき焼きがいい――！」

「ふふっ、わかったわ」

白雪は白兎の形をしたメモ帳にサラサラと文字を書くと「他になにか食べたいものはありますか？」と真司に聞いた。

真司は先程のメニューを捲《めく》る。

「えっと……じゃぁ、このだし巻き玉子をお願いします」

「わかりました。ちょっとお時間いただいても大丈夫ですか？」

「は、はい！　大丈夫です！」

「あと、枝豆もな」

「ふふっ。ありがとうございます」

白雪は菖蒲に笑顔を向けると、調理場の中へと入って行った。


そして、その数分後。白雪は大きな鍋を持って真司たちのところへ戻ってきた。

「お待たせいたしました。すき焼きです」

「わーい！」

「これこれお雪、騒ぐでない」

「あはは……」

白雪は用意しておいたコンロの上に鍋を置くと、着物の懐から鳥笛を出し、笛を吹いた。

――ピィー。

笛の音が鳴ると調理場から一羽の鳥が飛び出してくる。

「うわっ!?」

鳥は真司たちのテーブルへと降り立つと、口を開け小さな火を吐いた。

驚いた拍子に眼鏡がずれ、それをもとに戻すとテーブルの上にいる鳥をじっくり見る真司。

「こ、これ……鳥、ですか？」

鳥は真司を見ると「ピィ」と鳴いた。真司は鳥に触れようとおそるおそる手を伸ばすが、それを菖蒲が止めた。

「こりゃ、真司。やけどするえ」

真司は慌てて手を引っ込める。口から火を吐いた鳥は、セキセイインコぐらいの大きさで全身が炎に包まれていた。

白雪は「ふふっ」と笑うと、この鳥について説明する。

「この子は火魂《ひだま》。沖縄《おきなわ》県に住む鬼火《おにび》です」

「うむ。鬼火はいろんな姿や言いかたがあり、時には人魂《ひとだま》、火の玉と言う者もいるの」

「普段は火消壺の中に住んでいるんですよ」

鬼火と聞いてピンとこなかったが、人魂と聞いて真司はなんとなく理解した。墓場を歩いていると、炎に包まれた小さな玉が宙を舞っていた――という怪談話はよく聞くからだ。しかし、その火の玉にもいろいろな姿があるということは初めて知った。

白雪が火消壺の中へ帰るように命じると、火魂は「ピィ」と鳴き調理場へと飛んで戻って行った。

「煮えるまで、もう少し待っていてくださいね。それと、こちらがだし巻き玉子です。どうぞ」

黒い平皿には、ふんわりとした黄色い玉子焼きが載っていた。

真司はお箸を持ち玉子焼きをひと口食べると、そのおいしさに言葉を失った。メレンゲのようにふわふわで、鰹だしの香りと玉子の仄《ほの》かな甘みが口の中に広がる。確かに口の中に入れたのに、本当に食べたっけ？　と思ってしまうぐらいすっと消えていった。

ふた口目、三口目……と夢中で食べる真司の姿を見て、菖蒲も白雪もクスクスと笑った。

「ふふっ。気に入ってくれたみたいでよかったです」

「おやまぁ、ふふふ」

真司たちの注文を出し終えると一段落ついた白雪は、空いている場所に腰を下ろす。するとお雪がいそいそと白雪の隣へ移動し、白雪はそんなお雪の頭を優しく撫でた。

真司は、お雪みたいに夢中になって食べていたことに少し恥ずかしくなり、箸置きに箸をそっと置く。

仲良さそうにするお雪と白雪を見て、真司はふたりの出会いについて聞いてみることにした。

「あの……白雪さんは、どうやってお雪ちゃんと出会ったんですか？」

「え？」

唐突な質問に白雪は二、三度瞬きをすると、鍋を見て「ふふっ」と笑った。

「そうですね。お鍋が煮えるまで時間もありますから、それまで小話をしましょうか」

そう言うと、白雪は過去を思い出すようにジッと炎の揺らめきを見ながら昔のことを話しだした。

＊＊＊

決して晴れることなく雪が降り続く、辺り一面真っ白な里——雪の国。そこで私は生まれました。

私は、雪女なのに温かいものに興味があり、温かいものに触れたい……感じたいと思っていたんです。そんな私は、同族から孤立し、周りからも疎《うと》まれていました。

時代と共に雪女の体質も変化し、熱さで溶けてしまうことはなくなっていましたが、それでも、他の皆は本質的に熱さが苦手だということは変わらなかったからです。

里でひとりぼっちになった私は、やがて、こう願うようになりました。

『ここを出ていろんな場所へ行き、温かいものに触れたい……』

その願いは、たまたま雪の国を訪れていた菖蒲様の手によって叶えられ、私は里を出ることになったのです。

でも、よその地で長い年月を過ごすうちに、私はまた、私を育ててくれた人の思い出が詰まった里が恋しくなった。あの場所に私の居場所はないとわかっていても、その恋しさは止まらなかったんです。

そんなとき、菖蒲様がある物を私にくれました。それは、雪のように白く、かわいらしい雪兎が描かれている陶器でした。

菖蒲様は、その陶器を私に手渡すとこう言ったのです。

『これは、お前さんの願いを聞き入れてくれる。お前さんはこれから、これを大事にし、ずっと見つめんしゃい』と。

突然のことでよくわからなかった私は、菖蒲様が言うのだからなにかあるに違いないと思い、言われたとおりに行動しました。陶器を大事にし、大切にし、時間があればいつも見つめ、時には話しかけたりもしました。何年も何年も……。

するど、ある冬の晩に陶器が淡く光り始めました。まるで雪女が生まれ落ちる瞬間のように、人の姿をしたモノが私の目の前に現れたのです。〝現れた〟というよりも〝生まれた〟という表現が一番近いのかもしれません。

そして、私は、生まれたその子に名前をつけたのです――雪芽、と。

＊＊＊

「それがお雪ちゃんとの出会いなんですね」

「えぇ。ふふっ」

まるで寝物語のように語る白雪は、真司を見て微笑んだ。

お雪は枝豆を黙々と食べながら「ふぇ？」と首を傾げ、白雪と真司を交互に見ていた。どうやら話よりも食べることに夢中になっていたらしい。

「私は、菖蒲様のおかげで雪芽と出会い、そして、寂しかった心を吹っ切ることができました」

「えへへ～♪」

「私はなにもしとらんよ。ただ、お前さんに陶器を渡しただけにすぎぬ」

フッと微笑み、菖蒲も枝豆を摘み口に含んだ。そうしているうちに、白雪が蓋を持ちあげる。

「すき焼きー！」

「はいはい。もう少し待ってね」

「うむ。よい匂いじゃ」

「ですね」

蓋を開けた瞬間湯気が立ちのぼり、湯気と共に醤油と砂糖の甘辛い匂いが香り立つ。

白雪は溶き卵が入ったお椀に、穴あきお玉で野菜を掬《すく》い、菜箸《さいばし》で糸こんにゃくとお肉をお椀の中に入れるとお雪に渡した。お椀を受け取ったお雪は、嬉しそうな顔で、すき焼きを口に運ぶ。

真司も菖蒲からお椀を手渡され、慌てて礼を言う。

「あ、ありがとうございます！」

「ふふっ、どういたしまして」

菖蒲の優しさとその笑みになぜか心臓がドキッと鳴る。

——うっ。菖蒲さんの笑顔って、なんだか心臓に悪いなぁ……。

真司はこの気持ちを紛らわすために、白雪と菖蒲に話を振った。

「でも、付喪神ってそうやって生まれるんですね。初めて知りました」

「普通の付喪神ならまだしも、お雪は特別じゃ。妖怪に何年もの間大切にされた物は、そこそこ力のある付喪神となる……まぁ、それ以前に、お雪の本体は強い想いから作られているから、いつかは付喪神以上の力を持って生まれると思っていたがな」

「へぇ……なんだか気が遠くなる話ですね」

「人間から見たらそうかもしれぬが、私らにとっちゃ、十年や二十年も最近のことのように感じる」

そう言いながら菖蒲は苦笑し、一瞬、悲しそうな表情を浮かべる。それは瞬きする間のことだったが、その表情を見て真司は〝寿命〟について考えた。

人間にとっては一年や二年も長く感じるが、妖怪は人間と違い長寿の生き物である。中には、死とは無縁な者もいるだろう。きっと、そういう者からにしたら、菖蒲の言うとおり、数年前の出来事も昨日のように思えるのかもしれない。

姿形ではなく、妖怪と人間の違いにまたひとつ発見をすると、真司はなんとなくそれが悲しく思えた。

——長く生きるってことは、それだけ別れも多いかもしれないんだよね……それって、やっぱり……悲しいな。

菖蒲はそんな真司を見て、なにかを察したのか、真司に向かって微笑むと「真司や」と優しい声音で名前を呼んだ。

「神も妖怪も、たいていは人の手と想いから生まれとる。そして形を得た妖怪は、そこからまた新しい者を生み出す。雪女みたいな妖怪をな。つまりじゃ、出生の記憶がなくても、たとえ別れが訪れようとも全てはひとつに繋がっとるんえ」

「ひとつ、ですか？」

「うむ。〝縁《えん》〟というひとつのものじゃ。縁とは即ち木のようなもの。木の幹はひとつじゃが、枝は複数に分かれている。……出会い、別れ、違う形でまた出会う。そして時には芽吹き、新しい者が生まれる……」

菖蒲は天井を見上げてなにかを考え、そして「あぁ」と閃《ひらめ》いたようにポンと手を叩いた。

「そうじゃ。雪女はの、雪の国に咲く雪華《せっか》という花から生まれるのじゃが、その雪華という花は冬将軍が一番愛する花でもあるのじゃ」

「はい。私たち雪女は、将軍様の寵愛《ちょうあい》から生まれた、将軍様の娘でもあるのです」

にこやかに微笑む白雪に対し、真司は衝撃の事実に驚いた。

「冬将軍ですか⁉　冬将軍って、厳しい冬の様子を擬人化させたものですよね⁉　まさか、実在していたなんて……」

「これもまた、人の手と想いによって生まれたということじゃ。そこから紡《つむ》ぎ紡いで、巡り巡って、雪女という存在が生まれた。それが、私らの理《ことわり》でもあるのじゃ」

「なんだか難しい話ですね……」

わかるようなわからないような曖昧なものだったけれど、それは真司にとって、いや、人間にとってとても興味深い話だと思った。

――縁と理かぁ……。

〝縁〟とは出会いのことである。しかし、この妖怪の世界では、出会いという言葉だけでは足りない他の意味があることを真司は知った。

真司はすっかり冷めてしまったすき焼きを玉子に絡ませ口に運ぶ。牛肉の旨みと醤油のコク、砂糖の甘さ、玉子のまろやかさが口の中に広がり、冷めてしまってもとてもおいしかった。

「あ、おいしい……」

それは、ポロッと出た本音。

白雪は嬉しそうにニコリと微笑むと「ありがとうございます」と真司に言った。

店の外は風が強いのか窓がカタカタと音が鳴っていた。

真司は、このあやかし商店街に来て、妖怪の出生や個性を聞いて、ほんの少しだけ自分の住んでいる世界との違いに興味が出てきたのだった。

冬の訪れと共に、真司の心もまた変化し始めていた。

＊＊＊

——チリリン。チリリン。

髪についている鈴を鳴らしながら、とある少女は商店街の表通りを歩いていた。

すれ違う妖怪たちは、少女から発する清浄な気に怯えるが、それが自分たちのよく知る者だとわかると妖怪たちは次々に少女に向かって頭を下げる。それは決して畏怖《いふ》からくるものではなく、敬意からくるものだ。

少女は頭を下げる妖怪たちを見て「うむ！」と言い、堂々とした姿で表通りを歩く。

しかし、その姿勢は次第に崩れ、口元をムフムフさせながら楽しそうに歩く姿へと変わった。

「むふふ♪　カラスが白雪が帰ってきてると言っておったから、きっと店も開いておるの〜♪　こんな寒い日は、やはり鍋と熱燗《あつかん》じゃな！　鍋はなににしようかの〜♪」

気持ちが浮き足立ち、足取りがスキップ交じりになる。そのたびに髪についている鈴も、まるで楽しそうにしているみたいにチリリン、チリリンと鳴った。

すると、誰かが楽しそうに歩く少女の腕をガシッと掴んだ。腕を掴まれた少女は振り返り掴んでいる者の顔を見ると、あからさまに嫌な顔をし「ゲッ!?」と呟いた。

少女の腕を掴んだ者は、二十歳ぐらいの若い青年だった。灰色の長い髪を頭部で結び、浅葱色《あさぎいろ》の袴を着た青年がこめかみをピクピクとさせながら少女に向かってニコリと微笑んでいた。心なしか額には青筋が浮かんでいるように見える。

「やはりここでしたか。まだお仕事もございますのに、あなた様はなにをしようとしているのでしょうね？」

「え、あ、いや……」

青年に動揺しきっている少女は、目を泳がせつつ掴まれている手から逃れようとするが、手は全然離れずピクリとも動かなかった。

――くっ！　さすがに力が強いの！

逃げようとしているのを察し、青年は笑みを崩さず少女に向かって話を続ける。

「おやおや。まだ抵抗なさるおつもりですか？　往生際《おうじょうぎわ》が悪いですねぇ。さぁ、社《やしろ》に帰りましょうね。今すぐ帰りましょう」

「い、嫌じゃ！　我は鍋を食べるのじゃ！」

ズルズルと引き摺《ず》られる少女と、駄々をこねる子供を連れ帰る母親のような青年。

傍《はた》で見ていた妖怪たちは、そんな彼らの姿をポカンとした様子で眺めていた。

そして「い～や～じゃ～!!」と、こだまする言葉を残して少女と青年はその場から去って行ったのだった。

少女たちが去ったあと、商店街に冷たい風が吹く。空には、雲ひとつない夜空が広がっている。

妖怪たちは寒さを紛らわすため、腕を擦りながら何事もなかったかのように商店街を歩き始める。

あやかし商店街の夜は、まだまだ寒くなりそうだ。

第三幕　妖怪との共存

――季節は冬に変わっていた。

大阪府の南側に位置する堺市は、雪は降ってこそいないが、今にも降りだしそうなほど寒くなっていた。

一方、あやかし商店街には不思議なことに、雪が積もっていた。

「わーい！　雪だるまー！　雪うさぎー！」

雪兎の刺繍が入った真っ白な着物を着ているお雪は、菖蒲の家の庭で元気に遊んでいた。

「こら、雪芽。そんなにはしゃいでいたら転ぶわよ」

「はーい♪」

お雪と一緒に遊んでいるのは、姉のようでもあり母のようでもある雪女、白雪。

「ふふふ、相変わらず元気やのぉ」

「ははは、そうですね」

真司は、庭に面した居間でこたつに入り、お雪を見守っていた。

普段の真司は、学校が終わると学ランのまま商店街へ来ていたが、今日はチェック柄のチノパンに、ニットのパーカーという私服姿だった。

隣には、この商店街の管理人である菖蒲が座っている。今日の菖蒲の着物は、菖蒲色の双葉模様があちこちと散らばる生地に、黒の布地に銀色の細い線が刺繍された帯を締めていた。帯留の中央には真っ黒な花が小さく咲いているのが大人っぽい。今日は冷え込むからか、若紫色《わかむらさきいろ》の薄い羽織を上から羽織っていた。

　そんな菖蒲の正体は未だ謎のまま。人間ではないのは確かだ。そして、白雪や周りの妖怪たちは、皆、菖蒲を慕い敬っている。

　菖蒲はこのあやかし商店街で、最も存在感のある人物だ。

「そういえば、どうしてこっちは雪が積もっているんですか？」

「ふむ。この商店街は同じ世界にあって、別の世界にあるからのぉ」

　呑気《のんき》に答える菖蒲に、真司は首を傾げる。

「同じ世界であって、別の世界ですか？」

「うむ。私らは人間の世界を〝現世《うつしよ》〟、妖怪の世界を〝隠世《かくりよ》〟と呼んでいるのじゃ」

「隠世ですか？」

　聞いたことのない言葉に真司が首を傾げていると、菖蒲はさらにわかりやすく説明した。

「隠世とは、人の世と似て非なるもの……さらに逸脱し隠された世界。わかりやすく言えば、鏡のようなものかの。鏡は見たままを映すが、鏡の中のものに触れることはできんじゃろ？　ここはその鏡の中に存在しておるんじゃ。コインでいえば表と裏のようなものかの」

なんとなくわかった気がするが、ごまかされたような気もする。そんな真司の気持ちを察したのか、菖蒲は静かに笑うとテーブルに置いてあるミカンを手に取った。

「雪が積もっているのは、この世界に雪女がいるからじゃ。雪女の力で天気が変わり少々積もりやすくなっているだけやよ」

まったりとミカンを食べながら言う菖蒲を見て、曖昧に返事をする真司だった。

すると、チリリン……と、表玄関のドアベルが鳴った。誰か来たらしい。

「おや、珍しい。お客様かえ？」

「あ、僕が見てきます」

真司はそう言うとこたつから出て、来客用の表玄関へと向かう。管理人の仕事を手伝うという名目でこの商店街に来ているものの、白雪のお店の一件以来これといった仕事はなく、ゆっくり過ごすのが常だった。

――うぅ、寒い寒い……。

床の冷たさが足から伝わり、体が一気に冷える。真司は身震いしながらも少しでも温かくなるよう腕をさすりながら、細い廊下を歩く。

真司が、暖簾をくぐり辺りを見回すが、そこには誰もいなかった。

「あれ？　……おかしいなぁ」

確かにドアベルは鳴ったのに……と思い首を傾げていると、周りの付喪神たちが「下だよ」言った。

「下下！」

「足元を見ぃな」

「え、下？」

真司は付喪神が言う足元を見る。

そこには、黒と茶色のぶち猫が行儀よくちょこんと座っていた。

「ね、猫？」

——しかも、服を着てる……。

大人しく座っていた猫は、紺鼠色《こんねずいろ》に背中に大きく【酒】と書かれた甚平《じんべい》を着ていた。

しかしそれだけでなく、猫は突然、後ろ足でスクッと立ち上がったのだ。

「えっ!?」

「これはこれは、お初にお目にかかりますぅ」

見知らぬ猫が律儀に頭を下げる。

「しゃ、喋った!?」

「そりゃぁ、喋りますよ。なにせ、俺は猫又《ねこまた》やからな！」

そう言うと、猫は尻尾をゆらりと揺らす。真司がその尻尾をチラッと見ると、先がふたつに分かれていた。

──た、確かにふたつに分かれてる……！

「俺は、猫又の勇《いさみ》と申します。あ、ちなみに、この名は新選組《しんせんぐみ》の近藤勇《こんどういさみ》様からお取りになったそうで」

「……はぁ、そうですか」

「で、さっそくなんですけど、菖蒲様はいらっしゃいます？」

「あ、はい。ちょっと待っててくださ──」

「菖蒲様ー!!」

真司の言葉を無視し、勇は大きな声で菖蒲の名前を呼んだ。真司は驚き、思わず手で耳を塞ぐ。

──そっ、その小さな体のどこからそんな大きな声がっ!?

すると、のんびりとした足音と共に菖蒲が暖簾をくぐり現れた。その顔は少し呆れた様子だった。

「これ、大きな声で人の名を呼ぶんじゃないよ。まったく……お前さんは相変わらずやの、勇」

「いやはや、これは失敬失敬。にゃははは」

菖蒲に注意され、頭を掻きながら苦笑する勇。

商店街でも二足歩行で歩いている猫を見かけたことがあるが、こうして話したのは初めてだ。

「菖蒲さん、この猫はいったい……？」

「猫じゃねーって言ってるやろ！　猫又や、猫又！」

「あ、そうでした。すみません」

――でも、猫も猫又も結局は猫なんじゃ……。

「猫も猫又も同じではないか。阿呆《あほう》め……」

菖蒲も真司に同調すると、勇は腰に手を当て、ぷいっと顔を逸らし不貞腐れた顔になる。

「違いますぅ」

「はいはい……。で、今日来た用は〝あれ〟かえ？」

「はいっ！　〝あれ〟です！」

真司はひとりと一匹が言う〝あれ〟がわからず首を傾げる。そして、菖蒲にあれとはなんなのか聞こうとしたとき。

「勇ー!!　猫ー♪」

「こ、こらっ、雪芽！　待ちなさーいっ！」

「う、うわぁぁ！　にぎゃぁぁぁぁぁ……!!　……ガク……」

ドタバタと奥から走る音が聞こえたと思ったら、お雪が潰すのではないかという勢いで勇を抱き締めた。

それは一瞬のことで真司はなにが起こったのかわからず、驚きのあまり、思わず言葉を失っていた。

抱き締められた勇はというと、お雪の締める力が強かったのか、そのまま気を失ってしまった。

「おやおや」

菖蒲もこれにはびっくりしていたが、すぐに勇の哀れな姿を見ておかしそうにクスクスと笑ったのだった。


それから、真司たちは居間でこたつを囲んでいたが、白雪はひたすら勇に頭を下げていた。お雪のことを謝罪しているのだ。

「すみません、すみません。雪芽が……」

「にゃははは~、まぁ、いつものことなんで大丈夫っすよ、白雪姐さん」

——あ、いつものことなんだ。

毎度、お雪に突進される真司も、つい勇に同情してしまう。

「もう、この子は……。あれほど言っているのに。……困った子だわ」

勇の尻尾で戯《たわむ》れているお雪を見つつ、白雪は頬に手を当て困ったような表情をする。

その姿は、まるでおてんばな我が子に手を焼く母親のようだった。

菖蒲がお茶を持って居間に現れ、焦げ茶色の盆をこたつに置くと、それぞれの前に湯呑みを置いた。

「お雪もまだまだ子供やからね。いや、永遠に子供のままかの。ほれ、勇、茶じゃ」

「おぉ！　これはこれは、ありがとうございます！」

勇は菖蒲からお茶を受け取る。それを見ていた真司は、不思議なものを見るような目で勇をジッと見た。

「猫がお茶を飲んでいる……器用だなぁ」

感心する真司に対して、勇はお茶が思ったより熱いのか飲むのにかなり苦戦しているようだ。

「うにゃっち!!　ふーふーふー」

――あ、やっぱり猫舌なんだ。

お茶を飲みつつ、真司は勇を観察する。猫又の観察日記をつけられるくらい、興味津々な様子で勇のことを見ていた。

「ふむ。お前さんのお茶はぬるめにしたつもりやったんじゃが……加減が難しいの」

「それなら、私が冷やしましょうか？」

そう白雪が申し出るが、勇は断固拒否の姿勢だ。

「いえいえ！　大丈夫です!!　ほんっま、大丈夫です！　どうかお気になさらず、姐さん!!」

以前に似たようなことがあり酷い目に遭ったのだろうか？と、真司は思う。

もしかしたら、やりすぎて凍らせてしまったり。はたまた、勇ごと凍らせてしまったのか……。どんなことが起きたのかさっぱりわからないが、きっと、勇にはもうこりごりなことが起きたのだろう。

一方、お雪はというと、すっかり飽きてしまったようで、白雪の膝に頭を置き、ゴロゴロとしている。なんて穏やかな雰囲気なんだろう。ゆったりとした時間が流れるこの場所に、真司は居心地のよさを感じていた。

勇は湯呑みを置き、白雪の申し出から話を逸らすように菖蒲に〝あれ〟のことを持ち出した。

「それで、さっそく〝あれ〟の話なですが」

「うむ」

話を進めようとする勇と菖蒲に、真司は思い切って割って入った。今聞いておかなければ、このあとの話についていけないと思ったからだ。

「あの、菖蒲さん」

「なんじゃ？」

「えっと、勇さんと話している〝あれ〟ってなんですか？」

菖蒲は「あぁ」と言うとお茶を飲んだ。

「それはじゃな——」

「——酒や!!」

菖蒲の言葉を遮り、勇が話に入ってくる。

「え、お酒？」

勇は、ふふんと鼻を鳴らし腰に手を当て立ち上がる。

「聞いて驚くなよ、人間！」

「はぁ」

「俺は、酒を作っとるんや！　むふふふ〜、すごいやろぉ？　褒めてもええでぇ〜、むふふふ……」

「あ、酒屋なのはなんとなくわかっていました」

「にゃっ!?　にゃ、にゃにゃにゃにゃにぃぃぃぃぃぃ！」

一歩下がって大袈裟に驚く勇に、真司は勇の背中をさした。

「だって、ほら。ここに、大きく丸で囲って【酒】って書いてありますし」

すると勇は、猫が獲物を狙うときみたいに眼光を開き、衝撃の事実を告げられたように驚く。

った。

「相変わらず、阿呆やの」

ボソリと呟く菖蒲に密かに同感したことは、勇には言わないでおこうと誓う真司だった。

勇はと言うと、その場でうなだれるように落ち込んでいる。四つ足でうなだれるその姿が普通の猫にしか見えない。あまり見ていると思わず笑ってしまいそうなるので、真司は菖蒲の方を向いて話を続けた。

「お酒を飲むんですか?」

「ふむ。大晦日《おおみそか》と元旦にな」

「元旦? でも、元旦ってまだ先ですよね?」

そう言うと、真司は壁にかけられているカレンダーを見た。カレンダーは十二月を示している。

「元旦より、先にクリスマスじゃないですか?」

「なにを言うとるねん!」

バンッとこたつの天板を叩く勇。しかし、実際はペチンというかわいらしい音がしただけだった。

「あの酒は、神に捧げる酒やで!? この時期から用意せな間に合わんっちゅーねん!」

「はっ!! う、迂闊《うかつ》やった!!」

「えっと……神様に捧げるお酒ですか⁉」

「真司さんは、〝御神酒《おみき》〟ってご存知ですか？」

膝の上にあるお雪の頭を優しく撫でながら、白雪は真司に問う。

「御神酒って、元旦に神社とかでもらうあれですよね？」

「そのとおりです」

「正確に言うと御神酒とは本来、神様にお供えしたお下がりの酒のことじゃ。神に物をお供えしお参りをすると、神の霊力がその供え物に宿ると言われておる。そして、その酒で祭りをすれば、霊力の宿った酒——すなわち、〝神酒《しんしゅ》〟となる」

湯呑みを持ち、淡々と語る菖蒲。すると、勇がまた自慢気に胸を反らしながら話を続けた。

「しかも！　これをいただけば神様の霊力が直接体内に入ることになるんや！　このことから、神道《しんとう》の祭礼《さいれい》に於《お》いて非常～にっ、重要なものになったんやでっ！」

「へぇ～」

熱弁をふるう勇とお茶を飲みながらも淡々と話す菖蒲。真司は、まるで雑学を聞いているみたいで少しだけおもしろいと思った。その話に白雪が、さらに付け加える。

「ちなみに、人間が酒落《しゃれ》た言葉で言ったのが御神酒なのです。本来は、神酒と呼びますね」

「言いかたにもいろいろあるんですねぇ。勉強になります」

真司は、自分の世界が広がっていく楽しさを感じた。

「神に捧げる酒は、ちゃんと決まっとるんやっ！」

ビシッと真司を指さしながら、勇は話を続ける。プニプニの肉球が向けられており、
真司は思わずその肉球に触りたくなるのをなんとか抑えて話に耳を傾ける。すると、
菖蒲がコクリと頷いた。

「ふむ。神に捧げる酒は、四種の酒と決まっているのじゃ」

「四種ですか？」

真司が首を傾げると菖蒲は二種類のお酒を挙げた。

「ひとつは、清酒《せいしゅ》。そして、濁酒《どぶろく》――」

「――白酒《しろき》、黒酒《くろき》もありますね」

菖蒲に続いて白雪が残りの二種類を言う。

すると、勇が得意気に「この四種の酒だけが、神に捧げることができる酒なんや！」

と言った。

「そして、それを俺が作っとるんやで!!」

「すごいやろ〜」と言いたげな顔で、勇がえっへんと自分の胸を叩くと胸を張った。

「へぇ〜。それで、菖蒲さんはどのお酒を飲むんですか？」

真司が菖蒲に聞くと、菖蒲は湯呑みをこたつの上に置いた。

「うむ。私のところは毎年、清酒になっているの」

「で、本題に入ると、今日こちらに来たのは、最終確認として菖蒲様に味見してほしいからです」

勇はそう言うと、先程から首にかけていた小さい瓢箪《ひょうたん》を菖蒲に手渡した。

――あ、あれって、中身お酒だったんだ。

なんなのだろうかと、密かに考えていたので少しだけ真司はスッキリする。

菖蒲は瓢箪を受け取ると、真司にひとつ頼み事をした。

「真司。台所から、〝かわらけ〟を取ってきておくれ」

「かわらけ、ですか？」

真司はそれがなんなのかわからず、首を傾げると、白雪が「ふふっ」と笑った。

「では、私が持ってきましょう」

「うぅ……すみません」

白雪は、膝の上にあるお雪の頭を起こさないようにそっと畳に下ろす。お雪はいつの間にか赤ん坊のように体を丸めスヤスヤと眠っていた。

台所から戻ってきた白雪の手には、桜が描かれた真っ白な杯《さかずき》があった。

「あ、これ、御神酒をもらうときの」

「うむ。かわらけというのは、これのことじゃ。またひとつ知識が増えたの」

菖蒲は袖を口元に当て、いつもの笑うときの仕草をするが、真司としてはバカにされたようでおもしろくない。ちょっぴり拗ねた気持ちになってしまう。

「ふふっ。からかうのはこれくらいにして、さっそく、勇の酒をもらおうかの」

菖蒲はかわらけを白雪から受け取ると、瓢箪に入っている酒をそれに注ぐ。酒は水のように透明で澄んでいて、正に清酒という名のとおりだな、と真司は思った。

菖蒲は、杯を口に付けコクリと喉を鳴らし酒を飲む。そして、杯をテーブルにそっと置いた。勇は、どんな感想がくるか緊張しているのだろうか。猫なのに、器用にも正座をして背筋を伸ばし、菖蒲の顔色を窺っていた。

居間に静寂が訪れる。

——うっ……なんだか、僕まで緊張してきた。

菖蒲がゆっくりと口を開く。

いよいよくると思うと、真司までもが知らずのうちに背筋が伸びていた。白雪はニコニコと微笑みながら、眠っているお雪を再び膝の上に乗せ傍観している。

「美味じゃ」

そのひとことで、真司と勇はホッと安堵の息を吐いた。

「うむ、今年も美味ぞ。これならば供えても問題なかろう。あやつも喜ぶ」

「よかったです！」

真司は緊張感が解けたのか、体の力がどっと抜け、畳に手をつきながら天井を見上げる。

「はぁ～……なんだか、僕まで緊張しましたよぉ」

「あらあら、ふふふっ」

白雪が笑うと、勇はスクッと立ち上がる。勇は瓢箪を菖蒲から受け取り、再び首にぶら下げると菖蒲に頭を下げた。

「では、予定どおり進めていきたいと思います。んなら、失礼します！」

「うむ。気をつけて帰るんやぞ」

「はいっ！」

元気よく返事をする勇は、器用に前足で障子を開けて居間を出る。真司は勇を見送るために、表玄関までついていった。表玄関まで着くと勇は後ろを振り返り、真司の顔を見上げた。

「人間、今日は世話になったな」

「いえ、僕はなにもしていないので」

本当になにもしていないので、真司は遠慮がちに手を振りながら勇に言う。すると勇が、まるでおばちゃんが「ちょっと、聞いてよ～」と言っているふうに手首をチョイチョイと曲げた。

「いやいや、俺が知る限り、菖蒲様も相当お変わりになられたでー。きっと、その変化は人間、お前の影響やろうな」

「は、はぁ……」

「ま、それはええわ！　ほなな～、人間」

そう言うと、勇は四つん這いになり、颯爽とその場を去って行った。

真司は勇の背中を見送りながら、ふと思う。

――菖蒲さんって、昔からあんな感じだったわけじゃなかったんだ……。

＊＊＊

翌日。

真司は休日を利用して家族と一緒に酒蔵見学ができる東大阪《ひがしおおさか》の高槻市《たかつきし》を訪れていた。

普通の住宅街の中に酒蔵はあり、作った酒を売る酒屋もすぐ隣に建っていた。酒蔵と酒屋が一緒になっているので、敷地はかなり広く、マンション一棟は建ちそうな広大さだった。

想像していた以上にお酒の匂いが強かったため真司は見学を断念し、家族とは別行動で、酒蔵の周辺を探索することにした。

周りの建物も古く、古民家や個人経営のお店などが並んでいた。昭和時代にタイムスリップしたような気分になりながら、真司は周囲に建っているお米屋さんや理髪店、家々を興味津々な様子で見回す。

「『春政仏壇《はるまさぶつだん》』……お仏壇のお店、なのかな？」

チラッと中を窺いつつお店の前を通り過ぎる真司。すれ違う人々は、散歩中の老夫婦や子連れの家族、子供たちなど、近所の人ばかりだった。

のんびり歩いていると、突然、猫が家と家の狭い隙間から現れた。

――ん？

真司は猫を見る。どうやら、猫は真司には気づいていないようだ。その猫は黒と茶のぶち猫で、背中に大きく【酒】と書かれた法被《はっぴ》を着ていた。

例の猫又を思い出した真司は、自然とそのあとを追っていた。猫は真司に気づくことなく前だけを見てひたすら歩き続ける。行き先はすでに決まっているみたいだ。

真司が辿り着いた場所は、元いた場所から少し離れた神社だった。真司は猫にバレないよう、隠れながら様子を見る。猫は拝殿の前にちょこんと座ると、ペコリと二回頭を下げた。

「えっ⁉」

猫が参拝する姿を見た真司は、思わず眼鏡をあげて目を擦る。そして、もう一度猫を見た。

猫は左右を確認すると、すっと後ろ足で立ち、そのまま二拍手をしてブツブツとなにかを言っていた。

真司はその行動に唖然となる。

「え。あ、あれって……」

――本当に、勇さん⁉

遠くから見ているのでなにを言っているのかはわからないが、なにかを言い終わると勇はまた頭を一回下げた。

参拝が終わったのか、勇は再び四つん這いになり、真司の方へと向かって来た。真司は慌てて顔を引っ込めると隠れなければと思い、キョロキョロと周りを見回すが、隠れる場所はどこにもなかった。

すると、突然、誰かに腕を引っ張られた。

「うわっ⁉」

「しっ！」

口元を押さえられ、狭いところへと押し込まれる真司。

真司は密着した気分で相手の顔を見ると「むぐっ⁉」と驚いた。

その人は勇が去ったのを確認すると、真司の口からぱっと手を離し距離を置いた。

「あっ菖蒲さん!?　どうしてここに!?」

真司を引っ張った人物は、菖蒲だった。菖蒲は袖口を口元に当てクスリと笑う。

「ちと、こちらに用があっての。そしたら、お前さんの姿が見えてあとを追ったというわけじゃ。するとお前さんも勇のあとをつけていて、思わず笑ってしまったのじゃ」

「そうなんですか……というか、やっぱりあの猫、勇さんなんですね」

真司は勇が歩いていった道をジッと見る。勇はただ服を着ているだけで、尻尾もふたつに分かれていない普通の猫に見えた。といっても、後ろ足で立ち上がる姿を見て普通の猫ではないと確信したが、それでも真司はなぜ勇がここにいるのかわからなかった。

菖蒲はそんな真司を見て「ふふっ」と笑う。

「お前さんも、戻った方がええ。家族が待ってるかもしれぬ」

その言葉に真司はハッと思い出す。

「そうだった!　え、えぇと……道は……」

——ど、どっちから来たっけ!?

慌てて神社を出て左右の道を見る。勇のあとを追っているうちに、道に迷ってしまったようだ。来た道がわからず、サーッと血の気が引き不安と焦りから心臓が早鐘を打つ。

　すると菖蒲が真司の名前を呼んだ。

「真司、安心おし。私が送ってあげよう」

「菖蒲さん……ありがとうございます」

　本当は謝りたかったが、真司は素直にお礼を言った。謝ろうとすれば、きっと、菖蒲がそれを止めるだろうと思ったからだ。

　菖蒲はニコリと微笑むと「ほな、行こうか」と、真司に言った。こうして、真司は無事に家族がいる場所へと戻ることができたのだった。

　家族がいる場所へと辿り着くと、真司はもう一度お礼を言おうと菖蒲の方を振り向いた。

「菖蒲さん、ありが――」

　その言葉は最後まで出ずに終わり、真司は辺りを見回す。先程まで確かにいた菖蒲の姿が、ちょっと目を離した隙に忽然と消えていたからだ。

　真司は誰もいない道をただただ見つめ、その場で立ちつくしたのだった。


　その後、真司は両親と会うと「帰るぞ～」と言う父親に促されて車の中へ入った。車が発進すると、真司は流れる景色をボーッと見ながら菖蒲のことを考えていた。

——菖蒲さん、どうしてなにも言わずに消えちゃったんだろう？

正確な理由はわからないが、もしかしたら、気を遣ってくれたのかもしれない……そう真司は思った。周りには誰もいなかったが、近くには両親もいるし、相手もいないのにひとりで話していたら不審に思われるだろう。だからこそ、なにも言わずに去っていったのかもしれない。

景色を見ていると、先程から車を運転している真司の父親、宮前和樹《かずき》がミラー越しに真司をチラリと見た。

「真司、さっきまでどこにいたんだ？」

その言葉にドキッと心臓が鳴る。両親の知らないところで、両親の知らない女性と会っていたなんてことを言った日には、ふたりとも大喜びして赤飯を炊きかねない。

——ど、どうしよう！　菖蒲さんと一緒にいたなんて、なっ、なんか言えない！

両親のテンションが高くなる姿が容易に想像できる。

真司は両親に菖蒲の存在がバレないよう、咄嗟《とっさ》に適当な嘘をついた。しかし、一瞬で完璧な嘘は出てこない。

「えっと……僕にもよくわからない、かな？　あはは……ぶらぶらと歩いていただけだから。ちょっと道に迷ったりもしたし」

「ふーん、そうか。しかし、お前もお父さんたちと来ればよかったのになぁ～。やっぱりあの匂いは、まだだめかぁ」

残念そうに苦笑する姿は、どことなく真司に似ている。

真司も和樹につられて苦笑すると「僕も大丈夫だと思ったんだけどなぁ……」と、残念そうに呟いた。

「それで、見学はどうだった？　すごかった？」

「あぁ、もちろん！　いや～ぁ、あれはすごかったよ!!　なぁ、お母さん」

助手席に座って、のほほんとしているのは真司の母、宮前春美《はるみ》だ。少し癖のある髪のウェーブは、ほんわかしている春美の性格にピッタリだ。春美はニコリと微笑むと「えぇ、そうねぇ」と言った。

「あ、そうそう！　しかも、美人な女の人も見学していたぞ！」

「美人？」

その単語に、ポンッと頭の中で微笑む菖蒲の顔が浮かぶ。菖蒲の顔が浮かぶと、なんとなくそれが恥ずかしくなり、消し去るように頭を左右に振った。

前を見て運転しているので、和樹はそんな真司の行動は知らずに話を続ける。

「そうなんだよ。小柄で、着物が似合っててな。これぞ和服美人！っていう人だったなぁ～。なぁ、お母さ……あ……」

「うふふふ」

「もっ、ももももちろんっ!!　春美さんの方が、春ちゃんが世界一！　いやっ！　宇宙一かわいいよ!!　美人だよっ!!　はっはっはっ」

父親の台詞とダラダラと流れる冷や汗から、母親が今どんな表情をしているのか想像がつき、真司は苦笑した。

宮前家の大黒柱は、もちろん父親である和樹だが、家庭内のあらゆる権限は母である春美が持っている。のほほんとしているのに、真司もなぜだか逆らえないでいた。

——まぁ、もともと、母さんに反発するとかそういうのもする気がないんだけどね。むしろ、母さんや父さんには感謝してるぐらいだし……。

こういう体質を持ってしまった以上、両親にも迷惑をかけたと思う。真司は東京に住んでいたときのことを思い出す。

奇怪な行動を取ったり、ひとりでなにか言っている姿を見た教師に両親が呼び出され、近所の人からは『あそこの子供、ちょっとねぇ……』と、陰口を言われたりしたこともある。それでも、春美や和樹は真司を愛していてくれたが、ついに引っ越しをする羽目になってしまうくらいの事件が起きた。

真司のこの目のことを『すごいよ！』と言ってくれた東京での唯一の友達に、酷い怪我をさせてしまったのだ。

頭や膝からも血がとめどなく溢れてくる友達の姿に、真司はどうすることもできず、ただ泣いていた。怪我は重症で、何日も入院することになった。

春美と和樹は、その子と両親に何度も何度も頭を下げたが、やがて住んでいた街にいられなくなり、春美の祖父母——真司にとっては、曾《ひい》おじいちゃんと曾おばあちゃんが住んでいたという街にやってきた。

それが、堺市なのだ。

和樹の焦る姿をよそに、真司は再び流れる景色を見る。

——なんだか、あのときのことが遠い昔のように思うな……まだ、そんなに経っていないはずなのに……。

決して忘れてはいけない過去だけど、いつまでも下ばかり向いてはいられない。今までずっと下を向いていた真司だったが、この街に来て、少しだけ上を向けるようになったのだ。

＊　＊　＊

翌日、真司はあやかし商店街の路地裏を通って菖蒲の家へと向かうと、お雪の恒例の激突を受けながら苦笑いした。

「おかえりなさい♪」

「た、ただいま……あはは……」

本来なら「おじゃまします」と、言うべきなのだろうが、以前にそう言ったとき、菖蒲にこう言われたのだ。

『お前さんは、もう、この家の住人と同じじゃ。これからは〝ただいま〟と言うんやえ?』と。

そう言われた真司は、最初こそ慣れなかったが、今ではすっかりおなじみだ。むしろ「おかえり」と言ってもらえると嬉しく思うくらいだ。

——第二の家って、こんな感じなんだろうな……。

少し心が温かくなるのを感じ、真司は自然と微笑んでいた。

「真司お兄ちゃん、菖蒲さんたちが待ってるよー♪　行こ行こ～♪」

「うん」

返事をすると、お雪に引っ張られるように居間へと向かった。居間では、菖蒲と白雪がお茶を飲んでいた。菖蒲も白雪も真司の方を向くと微笑みながら「おかえりなさい」と言った。

「はい。ただいま帰りました」

「今、真司さんのお茶も用意しますね」

白雪は微笑むと、すっと立ち台所へ向かう。

真司は上着をハンガーにかけると、菖蒲の向かい側に腰を下ろし、さっそく勇のことについて尋ねた。

「あの、昨日の猫は勇さんで間違いないんですよね？」

「せやね。ありゃ、勇じゃ」

菖蒲はお茶を飲みながら真司に言う。

「あのときの勇さんは、普通の猫に化けて人間の世界に来ていたんですか？」

菖蒲は湯呑みをこたつの上に置くと真司の方を見た。

「いいや。猫に化けてたのは正解じゃが、あやつはの、もともとあそこに住んでいるのじゃ。お前さんの両親が見学した酒蔵に、な」

真司はそう言う菖蒲に言葉を失い、少し間を空けて「えぇぇぇっ!?」と驚きの声をあげた。余程声が大きかったのか、白雪がお盆を持って慌てた様子で「ど、どうしたんですか!?」と、言いながら居間に戻ってきた。

菖蒲は、白雪を宥《なだ》めるように手で制す。

「落ち着きんしゃい。勇が人間と住んでいることに、真司が驚いただけやよ」

白雪はほっと安堵の息を吐くと、盆の上に乗っている湯呑みを真司の前に置いた。

真司は恥ずかしそうに俯き、白雪にお茶のお礼を言った。

「あ、ありがとうございます……」

「ふふっ、どういたしまして。雪芽、そろそろお腹空いたでしょう？」

そう言うと、白雪はお盆の上に並べられている一口サイズのどら焼きをお雪の前に置いた。

「どら焼きー♪　わーい♪」

両手をあげながら喜ぶお雪に、白雪も菖蒲も微笑んだ。白雪はお雪の頭を撫でると真司の方を見る。

「真司さんは勇さんが人と住んでいることはご存知なかったのですね」

「は、はい。その……勇さんは、ここの住人じゃなかったんですか？」

「ええ。彼は、もともとは普通の猫だったんです」

「そうなんですか!?」

衝撃の事実に真司が驚くと、菖蒲は妖怪『猫又』について真司に尋ねる。

「真司、猫又のことは知っとるかえ？」

「え？　ええと……尻尾が分かれていて、人間に化けられるっていうことしか……」

唐突に聞いてくる菖蒲に、真司は自分の知っていることを話す。

「うむ。人間に化けることができるのは、その者の実力と素質次第じゃな……まず、猫又には二種類の生まれかたがある」

「二種類ですか？」

「ひとつは、随筆《ずいひつ》等に描かれている猫の妖怪。これも、人の想いから生まれたものやの。そしてもうひとつは、人家で飼われた猫が年老いて化ける……というものじゃ」

真司は勇の姿を思い浮かべ、勇がどっちかを考える。

「勇さんは後者なんですね」

「そのとおりじゃ」

菖蒲がそう言った瞬間、表玄関のドアベルがチリリンと鳴った。

「あ、お客さんだ」

誰だろう？と考える間に、ドタバタと足音が聞こえたと思ったら、それは泣きながらやってきた。

「うわぁぁぁぁん!!　菖蒲ざまぁぁぁぁ!!」

スライディングするように現れ菖蒲の膝に縋《すが》り寄るのは、たった今話題にのぼっていた勇だった。菖蒲は少し驚いていたが、自分の膝で泣いているのが勇だとわかるとすぐに冷静になり、泣いている勇を見下ろした。

「なんじゃ、勇じゃないかえ。どうしたのじゃ？」

「えぐっ……えぐっ……お、俺は悪うないんや……うわぁぁぁぁん!!」

泣く勇をキョトンとした顔で見る菖蒲と真司。

真司や菖蒲たちが泣いている理由を尋ねても、勇はまったく手をつけられない状態で話をするどころではなく、ひとまず勇が落ち着くのを待つしかなかった。

しばらくして勇が落ち着くと、勇は菖蒲の膝から離れ、腕で涙を拭った。

「ぐじゅ……ずびばぜん……」

「ええよ。それで、そんなに泣きはらして、いったいどうしたのじゃ」

「なにかあったんですか？」

菖蒲と真司が聞くと、勇は黙ったままコクリと頷いた。

「清太郎《せいたろう》と喧嘩《けんか》してもうたんや……」

「はて、喧嘩かえ？」

勇は自分の尻尾を弄り口を尖らせながら言うと、真司は聞いたことのない名前に首を傾げる。

「清太郎ってどなたですか？」

「清太郎とは、勇の飼い主じゃ。酒蔵の当主でもあるの」

「なんで喧嘩しちゃったのー？」

お雪が勇に聞く。勇は俯いたまま、不機嫌そうな顔で喧嘩の理由を話した。

「清太郎の孫……正孝《まさよし》ちゅうのがおるんやけど、そいつ今年で七歳になるんや……。

正孝の親も酒作りに忙しゅうてな、俺が代わりに面倒を見とってん。……それで正孝のやつ、あろうことか朝食の納豆を食べた手も口も洗わず、そのまま酒蔵に行こうとしたんや」

勇は耳を垂らししょんぼりとした表情で話を続け、真司と菖蒲たちはそれに黙って耳を傾けていた。

「……それで、正孝を怒っとったら清太郎が正孝の泣き声を聞きつけて現れて、俺に怒鳴って……お、俺の話を最後まで聞いてくれんで……ぐずっ」

目に涙を溜め鼻水まで垂らす勇に、菖蒲は「ほれ」と言ってティッシュを差し出す。勇は爪でティッシュ一枚を取り、鼻をかみ涙を拭った。

一通り話を聞くと、白雪はすっと立ち上がり勇のお茶を淹れるために台所へと向かう。真司はおそるおそる手をあげ疑問に思ったことを勇に聞いた。

「あ、あのぉ、勇さんが人と一緒に住んでいることは菖蒲さんから聞いたのでわかりましたけど……他の家族も勇さんが妖怪だってことを知っているんですか？」

真司が勇に聞くと、勇は涙を引っ込め「あ～」と、なにやら意味ありげに言った。

「そうか、お前は知らんねんな。実はそれなぁ、清太郎曰く、こう言うことなんや」

『俺の親父も、勇は普通の猫ちゃうって小さい頃よう言ってたし。それにお前、昔、俺の子守やらされてたやん。古い写真にも写ってたし。皆はそういう変な話が好きやから、嫁さんも気にしてなかったわ』

「……だとさ。やから、俺がいる浅井家《あさい》のもんは全員知っとるなぁ。あと、代々遺言ちゅーんか？　そういうのに書かれとるらしいわ。俺は普通の猫ちゃうけど、怖がるな～云々《うんぬん》とかな……」

勇が人間と住んでいることに関しても驚いたが、周囲の人間もまさか勇が妖怪だと知った上で暮らしているとは思わず、真司は絶句する。

菖蒲があとを引き受けるように話を続けた。

「人間の中にはの、勇の家の者たちのように私らを受け入れてくれる者もおるんじゃよ。といっても、そういった人間はごく小数やけどねぇ。意外じゃろ？」

「は、はい……なんだか今日は驚いてばかりです。それで、ぇえと……納豆、でしたっけ？　まだ子供ですし、あとで拭けばいいと思うんですけど……そのまま行っちゃだめなんですか？」

「アホか!!　あかんに決まっとるやろうが!!」

ペチンとこたつの天板を叩き怒鳴る勇に真司が驚くと、菖蒲が勇の頭をコツンと叩いた。

「こりゃ、落ち着かんか。なにがあかんのか、酒に詳しくなけりゃ知らんのやから、そう怒るでない。短気は損気じゃぞ？」

「す、すまん、人間……」

「い、いえ、大丈夫です。気にしないでください」

勇は深呼吸をすると落ち着きを取り戻し、真司に説明した。

「酒はな、微生物の力を借りて作るんや。せやから普通の食品工場と違って、無菌の状態で作業するっちゅーんはできん」

「へぇ～」

「で、その微生物のバランスによって、酒の味も変わってくるんや。せやから、蔵を建て替えたら味が変わったっちゅーのもたまにあるんや」

お酒のことに詳しくない真司だが、勇の話に頷くと、勇はそのまま話を続けた。

「余計な微生物は持ち込まん――それは、酒造りをする人間にとっては当たり前のことや」

「納豆にある納豆菌はの、酒の菌よりも速く増殖《ぞうしょく》するのじゃ。つまりじゃ、ざっくり言えば、酒の菌が納豆菌に負け、酒作りは失敗するということじゃ」

勇と菖蒲のわかりやすい説明に真司が頷くと、勇はギリッと牙を剥き出しにして天板を再び叩いた。

「それやのに正孝は……!!」

「こりゃ、怒らさんな」

「う、すんません」

菖蒲に注意され素直に謝る勇は「はぁ……」と、溜め息をつく。

「……まだ子供やとしてもや、仮にも酒蔵の息子で次代の当主になるかもしれん。そういう大事なことは今のうちに厳しく教え込まなあかんのや。それをわからせるために、俺は俺なりに怒ったんやけど……清太郎はそんな俺の話を最後まで聞いてくれんでいろいろ言い合いになって、俺は蔵を飛び出してん……」

またしょんぼりと耳を垂らし落ち込む勇。すると、白雪がちょうど台所から戻って来た。白雪が勇の前に湯呑みを置くと、勇はやけくそになってそれを手に取り、喉を鳴らしながらお茶を飲んだ。

「あらあら、ふふっ」

「ぷはーっ！　白雪姐さん、おおきに！」

「どういたしまして」

ニコリと微笑む白雪。

――せっかく、妖怪と人が一緒に暮らしてるんだ。……仲直りさせたいな。

そう思った真司は、また目に涙を溜めている勇を見てある行動を取ることに決めたのだった。

＊　＊　＊

さらに翌日。

本来なら放課後そのままあやかし商店街へと行くのだが、真司は電車に乗ってある場所へと向かっていた。

その場所とは、勇の家――つまり、両親と行った酒蔵だ。真司は家のパソコンで行きかたを調べると、貯まっていたお小遣いで切符を買い、再び高槻市へと向かっていた。

電車に揺られること約二時間、酒蔵の最寄り駅に着いた頃には真司はすでに疲労が溜まっていた。

「やっぱり、二時間かかるのって疲れるなぁ……」

小さく息を吐くと、息が白くなり空へと消えていく。

「……よし！」

真司は冬の空を見上げ改めて気合いを入れると、地図を頼りに酒蔵へと向かって歩き始めた。道すがら勇のことを考える。

――勇さん、昨日は結局、菖蒲さんのところに泊まることになったけど大丈夫かな？

そう。あれから勇は、すっかり落ち込み頑固になってしまい、菖蒲が『一度、家に帰りんしゃい』と言っても、断固として拒否したのだった。

『いいや！　俺は帰りません！　もう、うんざりや！　もう嫌や！』

勇の頑固さに菖蒲も呆れ果て、結局、そのまま勇は菖蒲の家に泊まることになったのだった。

真司は昨日の勇の落ち込みかたを見て思ったのだ。このままじゃいけない、と。

――僕が行って、どうこうできるわけでもないけれど……せめて、今の勇さんの状況は話さないと。で、でも、ちゃんと話を聞いてくれるかな？

初対面の人と話をすることに、真司は不安を感じていた。

もし、変な目で見られたら？　もし、帰れと言われたら？

そんな気持ちが真司の中にあった。微かに震える手とバクバクと音を立てる心臓をグッと抑え、気合を入れるために自分の両頬を叩いた。

「だ、大丈夫……！」

そう自分に言い聞かせても、ひと欠片の不安が心の中に残ってしまう。菖蒲がいないこともあり、少しだけ寂しい気持ちになっていると、あっという間に目的地に着いてしまった。

「…………」

真司はお店の前で立ちつくす。

――来ちゃった……。ど、どう切り出せばいいのかな？　いきなり勇さんの名前出すのって変じゃない……？

「あぁ～、どうしよう……」

頭を押さえ、その場でしゃがみ蹲《うずくま》っていると「なんや、お前。大丈夫か？」と、誰かが真司に声をかけた。

真司は顔をあげ「え……？」と、呟く。顔をあげると、そこには白髪のおじいさんが立っており、真司を心配そうに見下ろしていた。

真司は慌てて立ち上がり「だっ、大丈夫です！」と言った。すると、おじいさんはニコリと微笑んだ。

「そうか。なんや、えらいしんどそうな顔してたから、どっか悪いんちゃうかと思ったわ」

「す、すみません……」

申し訳なさそうに頭を下げる真司だったが、ふと、おじいさんが羽織っているものに目がいった。

「あれ？　その羽織、勇さんが着てたのと同じ――」

真司がハッと我に返り、慌てて口を塞いだときにはすでに遅かった。

「勇？　なんや、坊主、勇のこと知っとるんか」

「あ、えぇと……ま、まぁ……」

気まずそうな顔でおじいさんから目を逸らしていると、おじいさんがおもむろに真司の腕を掴み店の中へと引っ張った。

「え!?　ちょ、ちょっと!?」

「ええから来い」

問答無用に引っ張られる真司は、そのままの勢いでお店の中へと入ってしまったのだった。

お店に入った真司は興味津々な様子で店内を見回す。小さなカウンターがあり、壁を囲む冷蔵庫や棚にはいろいろなお酒が入っていた。

「そこ座って待っとけや」

「は、はいっ!」

なんだか怖くて逆らえない真司は、おじいさんが指した小さな椅子に腰かけた。

おじいさんが去ってしまうと、改めて店内を見回す。

——すごい……お酒がいっぱいだ。

棚には【とんびさけ】と書かれたお酒や【なごり雪】と書かれたお酒があった。昔の銭湯にありそうなガラスの冷蔵庫には、甘酒なども置いてあった。

「このお酒を勇さんも作ってるんだ……すごいなぁ」

「へぇ。あいつ、他の人間の前で喋ったんか」

「っ⁉」

ひとりになって完全に油断していた真司は、おじいさんにひとり言を聞かれてしまったのだ。どう答えていいかわからずしどろもどろになり、俯いていた――そのときだった。

おじいさんが「ほれ」と言いながら、真司の前にオレンジ色の液体が入ったガラスコップを差し出す。よく見ると、中には小さな粒が入っていた。

真司は少し驚くと差し出されたコップを受け取り、おそるおそる顔をあげた。

「まぁ、飲めや」

そう言うとおじいさんは近くにあったお酒を入れて運ぶための黄色のコンテナを裏返し、それを椅子代わりに腰を下ろした。

なにも言えないでいた真司は、おじいさんの顔色を窺いながら言われたとおりにコップに口をつけた。

「……おいしい！」

真司はそのおいしさに驚き、もう一度コップを見る。ただのオレンジジュースかと思っていたが、中身は果実の粒が入った甘いミカンジュースだった。

おじいさんは真司の言葉が嬉しかったのか、皺を寄せニカッと笑った。

「そうかそうか。それはな、知り合いからもらったミカンで俺が作ったんや」

「そうなんですか？　すごくおいしいです！」

「そりゃよかった。ほんまは果実酒を飲ませたかったんやけどなぁ～、さすがに未成年に酒は渡せんからな！」

　おじいさんは「あっはっはっ」と頭を掻きながら笑う。その姿を見て、真司の中の不安と怯えがすっかり消え去った。

「あ、あの、僕は宮前真司といいます。ジュースありがとうございます」

「ええよ、ええよ。にしても、ちゃんと自分から自己紹介するなんて偉いな。こりゃ、孫にも見習ってほしいもんやわ」

　感心したように真司を見て笑うおじいさんは、背筋を伸ばし律儀な挨拶に返すように名乗った。

「俺は、この酒蔵の現当主、浅井清太郎ちゅうもんや。よろしゅうな」

『清太郎』という名前に真司は勇が喧嘩した相手はこの人なんだと知ると、消えたはずの不安が今度は緊張へと変わった。勇が泣きながら商店街へ駆け込むぐらいだ。きっと、怖い人に違いないと思い、緊張で顔が自然と下を向く。

　清太郎は、また俯いてしまった真司を見て頭を掻くと、改めて話を切りだした。

「宮前くん、勇のこと知っとるんやな？」

「そ、その……」

「あぁ～、安心せぇ。変なこと言うても気味悪がらんし、変な目でも見いひんから」

それでも口を開かない真司に、清太郎は腕を組んでいた手を膝の上に置くと、前のめりになり真司に小さな声で言った。

「勇はな……実は、妖怪なんや。猫又いうやつやな。どうや、信じるか？」

「………」

真司は他人からそんな言葉を聞いたのは初めてで、目を見開きながらびっくりすると、清太郎はまたニカッと笑った。

「まぁ、普通は信じひんわなぁ」

「し、信じ、ます……信じます」

清太郎は真司の肩を軽く叩くと「そうかそうか」と言いながら、また笑った。

真司は残っていたジュースを一気に飲み干すと、落ち着くために息を吐き、勇気を出して勇の話を清太郎にした。

「まさか、本当に妖怪と人間が一緒に暮らしてるなんて思ってもみませんでした」

「まぁ、そりゃな～。そもそも、普通の人は妖怪がおるっちゅうこと自体を信じひんからな」

「えぇと……あなたは、怖くないんですか？」

清太郎はキョトンとした顔をすると「あははは」と、突然笑いだした。

「怖ない、怖ない！　俺は妖怪に育てられたようなもんやしなぁー」

「え!?」

真司が驚くと、清太郎は空になったコップを真司から受け取り、そのままカウンターの上に置き話を続けた。

「俺はな、赤ん坊の頃から勇に面倒見てもろうてたんや。親父もおふくろも酒造りで忙しかったからなぁ……。それって、妖怪に育てられたのと同じやろ？」

「そ、そうなんです、かね？」

妖怪と一緒に暮らしたことがない真司にはよくわからず、首を傾げながら言った。するとと、清太郎は腕を組み何度も頷いた。

「うんうん。そうやねん。俺の親父も祖母も、勇に育てられた言うてたしな」

「まさか、勇さんが皆さんの面倒を見ていたなんて……」

浅井家の人は勇のことを妖怪だと知っている上で暮らしていることや、勇が正孝の面倒を見ていたことも知っていたが、まさか浅井家の血を引く全ての子供の面倒を見ていたとは思ってもみなかった。

「そういう宮前くんは、妖怪は怖ないんか？」

「ぼ、僕ですか……？」

真司は俯き、自分の指を触りながら、正直な気持ちを清太郎に言った。

「僕は……前までは、怖かったです。今も怖いですけど……でも、ある人に出会って、勇さんみたいな妖怪にも出会って、少しだけ、それがマシになったんです……」

「ほぉ～。宮前くんは、普段から見える感じか」

その言葉に真司は顔をあげ「清太郎さんは違うんですか？」と、清太郎に聞く。

「俺は普段は見えんな。やから、あっちが合わせてくれるんやろうなぁ。それこそ、〝化かす〟言うやつやな」

清太郎は目を閉じ、思い出すように真司に言う。

「珍妙《ちんみょう》なやつもおったわぁ～。坊さんの格好して顔がないやつとか、影だけのやつとかな。そういうやつらは、大体は勇が対応してくれるんやけどな」

「へぇ～」

「にしても、普段から見えるとなると、宮前くんもいろいろ大変なんちゃうか？」

「……そう、ですね」

過去のことを思い出し、苦笑する真司。しかし、真司はそこで本来の目的を思い出し、今の勇の状況を清太郎に伝えた。

「そうだ。あ、あの！　勇さんのことなんですけど！　喧嘩したって本当ですか!?　仲直りできませんか!?」

真司の勢いに、思わず清太郎はのけぞり驚く。

真司は清太郎のそんな様子を見て我に返り「あ……す、すみません」と謝った。

「ははっ！　なんや、宮前くん。喧嘩のこと知っとるんか」

「は、はい。勇さんが菖蒲さんのところに来て泣いてましたから……」

真司が鼻水を垂らし、泣きながら勇が現れたことを思い出していると、清太郎が「菖蒲？」と言って、首を傾げた。

「なんや。菖蒲さんのことも知っとるんか」

「はい……え、清太郎さんも？」

「知っとる知っとる。なにせ、菖蒲さんにはご贔屓にしてもらっとるからな！」

そう言うと、清太郎は腕を組み真司のことを珍しそうにジロジロと見た。

「にしても……菖蒲さんを知っとるとはなぁ〜。おっと、話が逸れてもうたな。喧嘩のことやったな」

「は、はい」

「どこまで勇から聞いとるんか知らんけど、勇が謝ってくるまで、こっちも謝らんで」

にこやかに笑っていた顔が突然不貞腐れた顔になる。笑っているとそうでもなかったが、こうやって笑わなくなるとツリ目の清太郎は貫禄《かんろく》があり怖そうに見えた。

睨まれたように思えた真司は一瞬ビクッと肩があがったが、清太郎に怖気づくことなく話を続けた。

「あ、あの、勇さんすごく落ち込んでいました。たくさん泣いて、落ち込んで……清太郎さんに怒鳴られたことに傷ついていました」

『傷ついた』という言葉に一瞬、清太郎の眉が動いた。真司はその些細《ささい》な動きを見逃さなかった。

勇も菖蒲の家に泊まり、清太郎も自分からは謝らないと言っている。お互いに意固地になっているのを見て、真司は簡単にふたりの仲を取り持つことはできないだろうと感じた。

しかし、真司は諦めなかった。

「勇さんから聞いた話だと、清太郎さんのお孫さんが納豆を食べたあと、口も手も拭かず酒蔵に行こうとしたと聞きました。勇さんは、菌を蔵に持ち込まないよう、お酒を台なしにしないように正孝くんに怒ったんです！」

真司は説得するように真剣な顔で清太郎に言った。

「だから、そんなに怒らないであげてください！」と、真司が頭を下げると清太郎は慌てて真司の肩を掴み、顔をあげさせた。

「ちょ、ちょっと待て！　え、それ初めて聞いたんやけど……」

「……え？」

清太郎は真司の顔をあげさせると肩を掴んでいた手を離し、額に手を当て「そうい

お手数ですが
切手をおはり
ください。

郵便はがき

104-0031

東京都中央区京橋1-3-1
八重洲口大栄ビル7階

スターツ出版(株)　書籍編集部
愛読者アンケート係

(フリガナ)
氏　名

住　所　〒

TEL　　携帯／PHS

E-Mailアドレス

年齢　　性別

職業
1. 学生(小・中・高・大学(院)・専門学校)　2. 会社員・公務員
3. 会社・団体役員　4.パート・アルバイト　5. 自営業
6. 自由業(　　)　7. 主婦　8. 無職
9. その他(　　)

今後、小社から新刊等の各種ご案内やアンケートのお願いをお送りしてもよろしいですか？
1. はい　2. いいえ　3. すでに届いている

※お手数ですが裏面もご記入ください。

お客様の情報を統計調査データとして使用するために利用させていただきます。
また頂いた個人情報に弊社からのお知らせをお送りさせて頂く場合があります。
個人情報保護管理責任者：スターツ出版株式会社 販売部 部長
連絡先：TEL 03-6202-0311

愛読者カード

お買い上げいただき、ありがとうございました！
今後の編集の参考にさせていただきますので、
下記の設問にお答えいただければ幸いです。よろしくお願いいたします。

本書のタイトル（　　　　　　　　　　　　　　　　　　　　　　　　）

ご購入の理由は？　1. 内容に興味がある　2. タイトルにひかれた　3. カバー(装丁)が好き　4. 帯(表紙に巻いてある言葉)にひかれた　5. 本の巻末広告を見て　6. 小説サイト「野いちご」「Berry's Cafe」を見て　7. 知人からの口コミ　8. 雑誌・紹介記事をみて　9. 本でしか読めない番外編や追加エピソードがある　10. 著者のファンだから　11. あらすじを見て　12. その他

本書を読んだ感想は？　1. とても満足　2. 満足　3. ふつう　4. 不満

本書の作品を小説サイト「野いちご」「Berry's Cafe」で読んだことがありますか？
1.「野いちご」で読んだ　2.「Berry's Cafe」で読んだ　3. 読んだことがない　4.「野いちご」「Berry's Cafe」を知らない

上の質問で、1または2と答えた人に質問です。「野いちご」「Berry's Cafe」で読んだことのある作品を、本でもご購入された理由は？　1. また読み返したいから　2.いつでも読めるように手元においておきたいから　3. カバー(装丁)が良かったから　4. 著者のファンだから　5. その他（　　　　　　　　　　　　　　　　）

1カ月に何冊くらい小説を本で買いますか？　1. 1～2冊買う　2. 3冊以上買う　3. 不定期で時々買う　4. 昔はよく買っていたが今はめったに買わない　5. 今回はじめて買った

本を選ぶときに参考にするものは？　1. 友達からの口コミ　2. 書店で見て　3. ホームページ　4. 雑誌　5. テレビ　6. その他（　　　　　　　　　　　　）

スマホ、ケータイは持ってますか？
1. スマホを持っている　2. ガラケーを持っている　3. 持っていない

ご意見・ご感想をお聞かせください。

文庫化希望の作品があったら教えて下さい。

生活の中で、興味関心のあること、悩みごとなどあれば、教えてください。

いただいたご意見を本の帯または新聞・雑誌・インターネット等の広告に使用させていただいてもよろしいですか？　1. よい　2. 匿名ならOK　3. 不可

ご協力、ありがとうございました！

うことか……やってしもうた」と、小さく呟いた。清太郎は溜め息を吐くと口を開き、ポカンとしている真司に自分が見たことを話した。

「俺が見たんは、勇が正孝を怒鳴っとるところやった。トイレ行こうとしたら泣く声が聞こえてな、慌てて見に行ったら正孝は泣いていて勇は興奮しとるし……てっきり、またしょうもないことで喧嘩して勇が怒ったんやと思ってたわ」

頭を抱えうなだれる清太郎の姿を見て、真司は勇も清太郎もお互い勘違いしているのだとわかった。

勇は菌を蔵に持ち込まないように正孝を止め、清太郎は勇と正孝が喧嘩をし勇が怒鳴っていると思っていた。そして、その勘違いは複雑に絡み合い解けなくなってしまったのだ。

清太郎は自分の過ちを悔いるように深い溜め息を吐いた。

「そういや、勇のやつなんか言おうとしとったわ……あぁー、なんであのとき、俺は勇の言葉を聞こうとせんかったんやぁ……」

「あ、あの……?」

真司が心配そうに清太郎に声をかけると、顔をあげ真司に向かって苦笑した。

「宮前くん。ほんま、来てくれてありがとうな。君がそうやって説明してくれへんかったら、勘違いしたままで勇とは仲違いしてた」

「じゃぁ、仲直りしてくれるんですね⁉」

真司の嬉しそうな顔を見て、清太郎は微笑む。

「仲直りするわ。俺が孫に甘いばかりに……勇が怒るのも理由があるからやのに……はぁ」

清太郎は段々自己嫌悪におちいり、また頭を抱えうなだれた。それが勇の落ち込む姿に似ていて、真司は思わず笑いそうになった。清太郎が勇に育てられたと言ったときはピンとこなかったが、こうしていると性格が勇に似ているところがあるのかもしれない。

一時はふたりの仲を取りもつことは難しいかもしれないと思っていたが、清太郎が『仲直りをする』と言ったばかりでなく、自分から勇に連絡して謝ると言ってくれたことに真司はホッとする。

「よかった……」

それは自然と口に出た言葉だった。

自分にはなにもできないかもしれないと思っていたが、こうやって話すだけでも絡み合った紐は解くことができた。

真司は自分の役割は果たしたと言わんばかりに椅子から立ち上がると、清太郎が「なんや、もう帰るんか?」と、言った。

「はい。あの……話せてよかったです」

「そうか。またいつでも来てええからな」

「は、はい！」

『いつでも来ていい』と言われたことが嬉しく、真司は元気よく返事をすると清太郎に頭を下げ店を出た。すると、店の外の入り口には壁よりかかっている菖蒲がいた。

真司は菖蒲がいたとは知らず驚く。

「え？　あ、菖蒲さん!?」

「やぁ、真司」

「どうしてここに!?」

「さすがに勇がちと心配でな。清太郎と話そうと思っておったのじゃ。すると、お前さんが先にいて驚いたよ。管理人としての仕事を先を越されてしまったの。ふふっ」

「そうだったんですか。あ、清太郎さんは中にいますけど……話しますか？　菖蒲さんのこと知ってるって言ってましたし……」

真司がそう言うと、菖蒲は首を横に振った。

「いいや、やめておこう。問題はもう解決しそうやしの……さてと、私の仕事もなくなってしもうたし、商店街へと帰るか。真司、お前さんも来るかえ？」

菖蒲の問いかけに真司は考える間もなく「はい！」と返事をする。

菖蒲はふわりと笑うと「では、行こうか」と言ったのだった。

あやかし商店街に着くと、真司と菖蒲は妖怪が少ない路地裏を歩いて菖蒲の家へと向かった。家の中に入ると、真司はお雪にいつもどおり突進される。

三人が居間へと入ると勇は畳の上でゴロゴロしていた。真司はその寛《くつろ》ぎっぷりを見て、思わず苦笑する。菖蒲も呆れたように言う。

「これ、勇。お前さん、ええ加減帰りんしゃい」

「え〜。もうちょい居させてくださいよ〜」

お雪は、気だるそうに返事をする勇の尻尾と戯れる。

菖蒲はそんな勇の返事に溜め息を吐いた。真司はいつものように上着を脱いでハンガーにかけると腰を下ろし、白雪が淹れてくれた温かいお茶を飲んだ。

「はぁ〜……温かくておいしいです」

「ふふっ、よかったです」

「それにしても、勇さんって何年ぐらい生きてるんですか？」

勇は、ピクリと耳を動かし「よっこいしょ」と、言いながら体を起こす。

「なんや急に。せやなぁ〜……かれこれ、百五十年ちょいは生きとるんちゃう？」

「え!?　ひ、百五十年!?」

真司は、その驚きの数字に目を見張る。

「酒蔵を設立したときに拾われたからなぁ。俺は、初代当主である清兵衛《きよべえ》の飼い猫やったんや」

ポカンと口を開け、数回瞬きする真司。勇は腕を組み、話を続ける。

「生まれは野良やってんで。喉が渇いてしゃーなかったときに、当主になったばかりやった清兵衛と出会って……まぁ、水と間違えて酒を飲んでもうたんや」

にゃははは、と笑う勇に菖蒲も白雪もクスリと笑った。

「普通は匂いでわかるもんやけどな。でもな、清水《せいすい》みたいに澄んでて、めっちゃええ匂いがしたんや。それだけ、あいつの酒は上等やったということやな」

テーブルに頬杖をつき、懐かしそうに話す勇。けれど、それはどこか寂しそうにも見えた。

「酒を飲んだ俺は、当然、咽《むせ》るわな。それを見た清兵衛は、そら大爆笑やったわ。んで、なんだかんだで気に入られて、俺は浅井家に住むことになったんや」

「へぇ～」

「俺はな、あいつの失敗するところも成功するところも、ずっと見てきた。最期の日は、俺も一緒に逝《い》くはずやったんや……けど、あいつは俺に言ったんや」

清兵衛がしわくちゃに年老いて布団に横たわる中、同じく年をとってしまった自分も清兵衛の隣で眠る日々を送る——勇は、そのときのことを思い出すように話した。

『勇、お前に初めて会うたとき、俺は、お前はなにかを持ってる気がしたんや……縁を感じた。やから、こんなことをお前に頼むのは筋違いかもしれへん。せやけど、勇……この酒蔵のことを頼んでもええか……？　いや、ちゃうな。酒蔵とその跡を継ぐ子孫のことをどうか、守ってやってくれ。この酒蔵には、お前が必要や……』

年老いた普通の猫だった勇には、もう鳴く力もなく、ただ清兵衛の言葉に耳を傾けることしかできなかった。それでも、その返事の代わりに片耳を少しだけ動かした。

それを、清兵衛が見たのかはわからない。そのあと、清兵衛は眠るように逝ってしまった。

勇は昔のことを思い出し、ふっと笑うと、真司の湯呑みを横取りし、ズズーと音を鳴らしながらお茶を飲んだ。

お茶はぬるくなっていたのだろう。猫舌なのになんの問題もなく飲んでいた。勇は湯呑みをこたつの上に置くと「ふぅ」と一息吐き、話を続けた。

「俺は、酒蔵と浅井の人間を任された。せやから、俺は気力を振り絞って猫又の里を探して旅を始めたんや」

「猫又の里ですか？」

「うむ。ここと同じように、別の場所には猫又だけの里があるのじゃ。そこに行けば、猫も猫又になれると昔から言われておる」

菖蒲がこたつの上に置いてある醤油煎餅を一口サイズに割ると、それを食べながら猫又の里について少しだけ語った。そのあとを勇が続ける。

「老いた俺は噂を辿って、なんとかして猫又の里を見つけたんや。んで、里の長老様に修行を頼んだんや」

「それで猫又に？」

「せやで。妖怪になってからは、不思議と若返って体も軽いし！　万々歳や！」

袖を捲り、勇は力こぶを作るようなポーズを取る。しかし、真司の目に力こぶは見えなかった。

「それにしても、まだびっくりしてます……まさか、勇さんが人間と暮らしているなんて。清兵衛さんに任されたと言っても、中には怖がる人もいるかと思いますし」

すると、菖蒲が湯呑みを持ち、お茶を飲みながらチラリと真司を横目で見た。

「嫁や婿ももの好きでの。勇のことを怖がらんのじゃ。……まぁ、その嫁や婿を選んだのは、私と知り合いの神なんやがね」

「え……？　菖蒲さんと神様……ですか？」

唐突な菖蒲の言葉に真司の目が点になる。勇は懐かしそうに深く頷いているが、真司は少し混乱していた。

――え？　え……？　ということは、清太郎さんの奥さんも菖蒲さんと……か、神様が出会わせたってこと、だよね？

真司が混乱しているのがわかったのか、菖蒲は袖口を口元に当てクスリと笑った。

「真司、お前さんは、あかしや橋の向こう側にある神社を知ってるかえ？」

「あ、はい。といっても、行ったことはないですけど……」

「うむ。そこの神社が祀《まつ》っているのは縁結びの神でもあっての。勇にもよい縁が降って来ると、その神と協力して縁を結んでおるんよ。……そのあとのことは、本人たち次第やけどねぇ」

そう言うと菖蒲はズズズーと音を鳴らしながらお茶を飲んだ。

懐かしそうに、しみじみとなるひとりと一匹についていけず、真司は眼鏡を上げてこめかみを揉む。

――うぅ……頭が痛くなってきた……。

それもそのはずだ。人と人ではないモノがお互い了承して暮らしている他に、その家系の縁を菖蒲と神様が結んでいるのだ。妖怪だけならまだしも、神様まで現れたとなると、頭の処理はもう追いついてこない。

――妖怪がいるんだから、神様もいるという理屈はわかるけど……まさか、本当にいたなんて……。

頭痛を和らげようとこめかみを揉んでいると、突然、機械的な猫の鳴き声が居間から聞こえ始めた。

《にゃーにゃーにゃーにゃー》

勇は、甚平のポケットから折り畳み式の携帯を取り出し「うげっ!?」と、嫌そうな顔をした。どうやら猫の鳴き声は携帯の着信音だったらしい。

――いやいや！　そんなことより、猫が携帯!?

まるで臭い匂いを嗅いだかのような顔で、勇は渋々通話ボタンをポチッと押す。

「清太郎……な、なんやねん。俺は自分からは謝らんからな……」

不貞腐れた顔で携帯で電話をする勇を見て真司は内心驚いたが、電話の相手が清太郎だと知るとホッと安堵の息を吐いた。

勇は相変わらず機嫌が悪そうにふたつに分かれた尻尾を大きく振りながら電話をしていたが、尻尾の揺れが突然ピタリとやむと同時に表情が変わった。勇の顔は気恥しそうに照れている顔へと変わり、それを見ていた真司は、清太郎が自分が勘違いしていたことをちゃんと説明し勇に謝っているのだと思った。

勇は頭を掻きながら、「……あぁ、わかった。ほな、すぐ戻るわ。いや、俺も意固地になってた……すまんかった。んじゃ、もう切るわ」と、言って通話を切った。

顔をあげた勇は、晴れやかな表情で真司と菖蒲を見る。

「ほな、俺は酒蔵に戻らなあかんから、突然ですけどこれでおいとましますわ。お世話になりました」

「気をつけて帰るのじゃぞ」

「はい！　人間、あー、真司もありがとうな。清太郎から話は聞いたわ……ほんま、ありがとう」

勇は、恥ずかしそうに頬を掻きながら真司に向かって礼を言った。初めて名前を呼ばれたのと礼を言われたことに、真司もなんだか気恥ずかしくなって頬を掻く。

「い、いえ!!　……ぼ、僕はなにもしてないですし」

「いやいや、そんなことあらへんて！　引け目な考えはあかんで！　損するだけやからな！　ほな、白雪姐さんとお雪もこれで失礼しますわ」

そう言うと勇は深くお辞儀し、四つん這いになって庭に出ると颯爽と走って行った。

今まで黙っていたお雪は、少し残念そうに勇の背中を見る。

「行っちゃったぁ……。抱っこぉ……」

お雪と同じく、ただただ黙ったまま話を聞いていた白雪は「ふふふっ」と笑うと、落ち込んでいるお雪の頭を優しく撫でた。

「帰るってことは、仲直りができたってことですよね？」

「せやねぇ。まぁ、そんな心配はしてなかったんやけどね」

そう言いつつも、菖蒲もわざわざ酒蔵に行って清太郎と話そうとしていたことを、真司は知っている。

——なんだかんだで、菖蒲さんってやっぱり優しいな……。

そんなことを思っていると、菖蒲が真司の名前を呼んだ。

「真司や」

「はい？」

「これから、まだまだいろんな出会いがあるゆえ、その縁《えにし》を断ち切ってはならんえ」

真司は菖蒲の言葉に少しポカンとしたが、すぐに微笑んで元気よく返事をした。

「はい！」

妖怪と人との共存や清太郎みたいに妖怪を受け入れている人もいることを知り、真司は菖蒲が言っていた〝縁〟について少し考えた。

——いろんな出会いがまだまだあるなら、それを大切にしなきゃ……。それより前のことも、きっと大切にしないといけないんだ……。

真司は勇が飲み干し空になった湯呑みを何気なくジッと見ると、勇と清太郎が仲良さそうに話している姿を想像した。

『もし、他の人にもこの目のことを打ち明けたら、その人は受け入れてくれるだろうか？』と、真司は思う。少なからず、清太郎は受け入れてくれた。それは、実際に妖怪と会い、共に過ごしているからこそなのだろう。

それだけでも、真司の心は軽くなった。妖怪のことが見えない人に打ち明けることはまだできないけれど、真司は、自分から一歩踏み出してみようと思った。

――避けるだけじゃなくて、ちゃんと挨拶もしないとな……。

頭の中に、避けても避けても話しかけてくるふたりの友達の顔が浮かび、真司は思わず笑ったのだった。

＊　＊　＊

とある神社の本殿にて、少女は真っ白な杯を片手にお酒を嗜《たしな》んでいた。

「うむ。今日の夕焼けもまことにきれいじゃ！　こういう日は、やはり酒に限るというものじゃな！　前は鍋を食べ損ねたが、今日の酒だけは譲れぬぞ！」

「飲みすぎはよくありませんよ、神様」

平安時代に着る束帯《そくたい》を着用し、頭には垂纓冠《すいえいのかんむり》を被っている八十歳ぐらいのおじいさんが少女に言った。

『神様』と言われた少女は、不機嫌そうな顔になり「お主も神じゃろうが。まったく……」と、ボソリと呟く。

そのとき、空から一羽のカラスが少女の元へと降り立つと、人の姿に変化し耳元でなにかを囁いた。

「む？　なっ、なに⁉」

驚きのあまり手に持っていた杯が手から落ちる。床にお酒が零れてしまい、もうひとりの神様は「おやおや」と言いながら白い髭に触れた。

耳元で囁いていた人間は、また、カラスの姿に変化すると「カァー、カァー」と鳴きながら、どこかへ飛んで行った。

杯を落とした少女は、すっと立ち上がり空を見上げる。

「むふふ……そうかそうか、あの菖蒲になぁ～」

ニヤける少女を見て、もうひとりの神様は悟ったような顔になる。

――これは、なにかよからぬことを考えているな。

赤くなっている空を見上げながらムフムフとにやけていた少女は、扇で空をビシッと指した。

「これはおもしろいぞ！　不届き者ならこの我が退治してくれようぞっ!!　あーはっはっはっ!!」

高らかに笑う少女の声は、その神社にどこまでも響いたのだった。

第四幕　恋と甘味と勝負事

「ふんふーん♪　ふふーん♪　ふふふーんふふーん♪」

菖蒲の家の居間で、お雪は畳の上に寝転がりながら紙になにかを書いていた。

「お雪ちゃん、なにを書いているの？」

「んとね、お手紙！」

ハタキを手に持ち、居間の掃除をしていた真司が手を止めてお雪に言う。

「手紙？」

真司は首を傾げる。お雪は、そんな真司の顔を見てニッコリ笑った。愛らしい小花を満開に咲かせるようなかわいい笑顔だ。

「サンタさんにお手紙だよ♪」

「今月はクリスマスがあるものねぇ」

「そうじゃの」

こたつに入り、まったりお茶を飲んでいた白雪と菖蒲が言う。世間はクリスマスモードに突入していた。

——チリリン。

表玄関の鈴が鳴る音に、菖蒲と白雪、そして真司が気づく。

「おや？　誰だろうねぇ？」

「私が行きます」

そう言うと、白雪はこたつから出て立ち上がり、表玄関へと向かった。

真司は押し入れの中に入っている掃除用具を入れる箱の中にハタキをしまうと、近くにあったウェットティッシュで手を拭きながら菖蒲に聞く。

「誰でしょうね？」

「ふーむ」

「甘い匂いだっ!!」

菖蒲と真司が来客が誰かと考えていると、お雪が急にこちらを振り向き声をあげた。

お雪の言葉に真司は、クンクンと辺りの匂いを嗅ぐ。確かに、ほんのりと甘い香りがした。

「本当だ。甘い匂いがする」

「ふむ。確かにするの。この匂いは、あやつか」

そう言った途端、障子が開き白雪が中に入ってきた。

「菖蒲様、お客様です。お通ししてよろしいですか？」

「うむ」

――甘い匂いを連れてやってくる妖怪かぁ。いったい、誰なんだろう？

居間に通されたのは真っすぐ切り揃えられた前髪の、おかっぱ頭の女の子だった。

耳元から一房の髪が胸辺りまで流れ、髪には大きな牡丹《ぼたん》の髪飾りが挿してある。

女の子は、赤地に桜や菊、葵《あおい》などの花々と扇がデザインされた着物を着ている。帯は黒に飾り用帯締めを重ね、帯留めや帯揚げを飾り合わせていた。まるで、背中に大輪の花が咲いているみたいだ。年齢で言うなら十一〜十二歳くらいに見えるが、妖怪だから、きっと本当の年は真司よりも遥かに上だろう。

「それで、小豆《あずき》よ。突然どないしたのじゃ？」

この女の子の名は小豆というらしい。

「はい……」

小豆は俯いて、拳をギュッと握った。

白雪は小豆の前に温かいお茶を置き、真司やお雪と目を合わせると、お互い首を傾げる。

「ウチ……ウチ……!!」

——バンッ！

小豆はこたつを叩くと目に大粒の涙を溜めて「ウチ、悔しいですっ!!」と言った。

その音に真司とお雪が驚き、菖蒲が小豆の頭を軽く小突いた。

「こりゃ、落ち着きんしゃい。皆が驚くやろう」

「はっ！　す、すみません……」

「それで、詳しい理由を聞いてもええかえ？」

「はい……」

小豆は湯呑みを持ち、温かいお茶を一口飲む。お茶の効果もあり、心が落ち着いたのか「ほぅ……」と息を吐いた。

そして、しょんぼりとした顔で菖蒲たちに話した。

「実は、先月の売りあげもまた、あいつに負けたんです……」

「あいつ？　……あの、あいつって誰ですか？」

真司は隣に座っている白雪に、コソッと耳打ちして聞いてみる。白雪は、頬に手を当て同じように耳打ちした。

「……豆腐小僧《とうふこぞう》の豆麻《とうま》くんのことかと」

「豆腐小僧ですか……」

小豆は真司と白雪のヒソヒソと話す声が聞こえたのか、ギリッと歯を軋《きし》ませた。

「小豆と豆腐……同じ〝豆〟でも種類も味も違う！　やから、何年も何年も勝負してきたのに……なんでやっ!?　なんで、毎回毎回、豆腐が勝つんや!?　おかしいやろ！」

「だから、落ち着きんしゃい」

「はぁ、はぁ……。す、すみません、つい……」

やれやれ、と呆れながら首を振る菖蒲。

「菖蒲様、ウチには、今の店をやっていける自信がもうあらへんのです……」

「おや。また、弱音かえ?」

「違いますっ!! ……いえ、そうなんですけど」

菖蒲は「はぁ」と、溜め息を吐くと呆れた顔で小豆を見た。

「毎度言ってるやろ? お前さんら、もうええ加減仲直りしんしゃいと」

すると、小豆はぷいっと菖蒲から顔を背けた。

「嫌です! それだけは嫌です!! ウチは忘れへん。あのとき、ウチが小豆洗いとして半人前のとき……。川で小豆を洗ってるときに現れた豆腐小僧――同じ豆の妖怪に会うたのは初めてやった……お互い半人前やから運命さえ感じたのに! あいつは小豆を小バカにした!! きぃーっ、なにが大豆の方が栄養豊富で有能やねんっ!」

――バン! バンッ!と、こたつの天板を叩く小豆の頭を菖蒲はチョップする。

「こりゃっ、やめんか! お前さんは何度言うたら……はぁ……」

「はぅ……」

「あ、あははは……」

「あらあら」

菖蒲は困ったように手を額に当て、真司と白雪は苦笑した。

すると、ずっと話を聞いていたお雪が「はーい!」と元気よく手をあげた。その場にいた全員が、お雪に注目する。

「それなら、今度は見た目とね～、味の勝負をしたらどうかなー」

「勝負？」

「うん！　お互いに一個のお菓子を作って交換して食べてね、商店街の皆にも食べてもらって、どっちおいしくてかわいいかを決めるの～」

小豆はポカンと口を開け、数回瞬きをするとグッと拳を握った。

「なるほどっ!!　それは名案です！　和と洋、どちらが一番いいかの勝負!!　今までは口論と売りあげ勝負でしたけど……よし、さっそく果たし状を書いてきますっ！」

そう言うと、小豆はおもむろに立ち上がり、慌ただしく菖蒲の家を出て行った。

——和と洋ってどういう意味だろう？　小豆も豆腐も和の食材だと思うんだけど。

菖蒲は呆れ半分で、何度目かわからない溜め息を吐く。

「あやつは何十年経っても変わらんのぉ。まったくもって騒々しい。やれやれ」

「あの、小豆ちゃんと豆麻くんという子は、どういった関係なんですか？　かなり仲が悪いようでしたが……」

小豆が帰ったあと、真司は小豆と豆腐小僧の豆麻のことを菖蒲に尋ねた。

「ふむ、小豆は、小豆洗いの妖怪じゃ」

「小豆洗いなら僕も少しだけ聞いたことがあります。まぁ、名前だけですけど……」

菖蒲は、小豆洗いについての説明をする。

「小豆洗いは、またの名を『小豆とぎ』とも言う。本来はこれといって害のない妖怪じゃ。各地の伝承によると、小豆洗いは縁起のよい妖怪だったり、その逆で人間を攫《さら》う悪い妖怪だったりするようじゃがの」

「へぇ」

「そして、豆腐小僧じゃが、こやつも害はない妖怪じゃ」

白雪が豆腐小僧についての説明を菖蒲から引き受ける。

「丸いお盆の上に紅葉の型を押した豆腐を乗せて歩いている子供――それが、豆腐小僧です」

「豆腐小僧の豆腐を食すと、体中にカビが生えると言われとるが、あれは、昭和以降に子供向けに考案されたものじゃ」

「よって、豆腐小僧には、そんな力はないということですね。ふふふ」

白雪の言葉は穏やかだったが、菖蒲は真面目な表情になり話を続ける。

「しかし……それが人間の間で多く伝われば、豆麻にもいずれその力が宿るかもしれんがな」

「そ、そうなんですか……。それで、どうして小豆ちゃんと豆麻くんは仲が悪いんですか？」

「まぁ、事の発端《ほったん》は小豆が言ったように、豆麻が小豆をバカにしたらしくてのぉ。小豆は商店街で和菓子屋を営んでいての……これがまた、なぁ？」

苦笑する菖蒲は同意を求めるように言うと、白雪もなんとも言えない表情で「そうですねぇ」と言った。

真司は、そんなふたりを見て首を傾げる。すると、お雪が真司の腕を掴みクイクイッと引っ張った。

「あのね、あのね〜、豆麻くんのところはね、ケーキ屋さんなの」

「あ〜、だから、和と洋って言っていたんですか」

真司は、ふたりの仲が悪い理由をなんとなく察した。菖蒲は頷くと、ズズズーと音を鳴らしながらお茶を飲んだ。

「和菓子と洋菓子。私は、どちらも好きじゃが、本人たちはそうもいかぬらしい。お互いライバル心を向けているというか……はぁ」

またもや「やれやれ……」と、首を横に振りながら溜め息を吐く菖蒲。どうやら、あのふたりの不仲には、菖蒲はかなり前から困らされているらしい。

菖蒲が眉間を揉み、また溜め息を吐いた。

──菖蒲さんが苦労してる……珍しい。

そう思っていると、お雪が元気よく手をあげた。

「はーい！　私はね、ケーキが好き！　あ、やっぱり和菓子も好き！　全部好きー！」

「私も、雪芽や菖蒲様同様にどちらも好きですねぇ」

真司は、自分はどっちだろうと、天井を見上げ考える。

「うーん。和菓子も見た目はきれいで素朴な味が好きだし……洋菓子も果物を使ったケーキとかお菓子とかいろいろあって僕は好きですし……うーん」

結局、真司もどちらも好きだという結論に至った。

「まぁ、つまりは、それぞれによさがあり、どちらが好きか選ぶことはできないということじゃ。やれやれ……あやつらは昔からしょうもない争いをしてての ぉ」

困ったものじゃ、と菖蒲は呟きながら空になった湯呑みを見て、お茶を入れようとすっと立ち上がり台所へと向かった。かと思うと、その数秒後には、なぜか落ち込み気味で帰ってきた。

「ど、どうしました？」

「うむ……お茶の葉がなくなってしまってのぉ……」

「あら。なら、買ってこないといけませんね」

「あ、それなら、僕が買ってきましょうか？」

その言葉に菖蒲の顔は、一気にパァと明るくなった。

「ほんとかえ？　それは助かる！」

菖蒲の喜びように思わず笑ってしまいそうになる真司。菖蒲はお茶が好きなんだなと思った。

「おひとりで大丈夫ですか？」

「はーい！　それなら、私も行くー」

勢いよく手をあげるお雪に、白雪と菖蒲はニコリと微笑み合う。

「雪芽が一緒だと安心ですね」

「そうじゃな」

——え？　僕って、そんなに頼りないかなぁ……？

真司は内心そう思うが、ひとりだとまだまだ不安だ。お雪が一緒だと安心できるというのが本音だった。


そうして、真司とお雪は商店街の表通りにやってきた。

「らっしゃい！　らっしゃい！」

「そこのお嬢ちゃん、これどうや？　うまいで」

「おーい！　そこのやつも、ぜひ買っておくれ！」

「まいど、おおきになぁ」

店の前では、いろいろな妖怪が客引きをしている。商店街は相変わらずお祭りみたいに賑やかだ。

真司はお雪の案内で無事買い物を終え、お茶屋『分福茶釜《ぶんぶくちゃがま》』のおばあちゃんにもらったクッキーと茶葉が入った紙袋を手に、菖蒲の家に戻るところだ。

しかし、その途中で真司の前に見知らぬ男の子が立ちはだかった。

小豆と同じく十一～十二歳くらいに見える男の子だった。短く切られた黒髪に茶色の目、銀鼠《ぎんねず》色の甚平を着ていた。腰には紺色のエプロンを巻いている。しかし、ここはあやかし商店街。人間に見えても、この子も妖怪のひとりなのだ。

「おいっ！　お前！」

「え、え……？」

突然前に現れ指をさされた真司は、まさか自分のこととは思わずキョロキョロと周りを見たが、男の子は真司を訝しい目で見ていることから『お前』というのが自分のことだとわかった。

しかし、真司は彼のことは知らないし、当然だが、話もしたことがない。ポカンとする真司に対し、お雪は彼と顔見知りなのか「あー！　まめくんだー！」と、指をさした。

「まめくん？」

「ま、まめ言うなっ！　まるで、俺の背がちいせぇみてぇじゃねーか！　って、そうじゃなくてっ！　おい、お前！　お前だよ！」

指をさされる真司は、慌てて返事をした。

「は、はいっ！」

「お前、もう小豆に関わるなっ！」

「……へ？」

「お前なんかになぁ、小豆は似合わないからなっ！」

そう言うと、豆くんと言われる少年は踵《きびす》を返して、脱兎の如く走り去っていった。

――い、いったいなんだろう……？

わけがわからずその場で立ちつくしていると、お雪が真司の服の裾を引っ張り、ニコリと笑いながら「行こう！」と言った。

「え？　あ……う、うん」

「まめくん、相変わらずだね～」

「その『まめくん』って何者？　小豆ちゃんのことを知っているみたいだったけど……」

「まめくんこと、豆腐小僧の豆麻くんだよ～♪」

彼が、小豆の言っていた洋菓子屋さんの豆腐小僧らしい。どうやら、『まめくん』というのは豆麻のあだ名だったようだ。本人はそのあだ名を許してはいないみたいだが……。

そして、ふと、彼が腰に巻いていたエプロンを思い出す。

「そういえば……確かに、エプロンの端に【豆腐】って書いてあったような。でも、彼は洋菓子屋さんだよね？」

「まめくんのお店はね～、お菓子も売っているけどお豆腐も売っているんだよ～。それがまたまたおいしいんだよ～」

お菓子のことや豆腐のことを想像したのか、お雪は「えへへ」とニヤけながら涎《よだれ》を垂らしていた。

真司はそんなお雪を見て苦笑いすると、ふと、豆麻が言ったことを思い出す。

「あれ？　でも、どうして小豆ちゃんに関わるなって言うんだろう？　そもそも、小豆ちゃんとは今日会ったばかりなのに、なんで僕のことを知っているんだろう……」

菖蒲の家に戻ってきたふたりは、出迎えてくれた白雪に茶葉を手渡すと、こたつに入ってお茶が出てくるのを待っていた。菖蒲はというと栗羊羹《くりようかん》を食べながら、のんびりと寛いでいる。

「あれ？　その栗羊羹どうしたんですか？」

「うむ。先程、再び小豆が来ての。騒がせたお詫《わ》びとして持ってきてくれたのじゃ。

変なところで律儀なやつじゃ」

　クスリと笑う菖蒲は、嬉しそうな顔で羊羹を菓子楊枝《ようじ》で切り分ける。真司はその羊羹を興味津々に見ていた。一見普通の栗羊羹なのだが、栗が紅葉の形になっている。

「へぇ〜、紅葉の形をした栗かぁ。すごいなぁ。どうやって型を抜き取ったのかな？　おいしそうだし、見た目もきれいですね」

「あやつは器用やからのぉ。こんな型抜きは造作もない。確か、この菓子の名は……『紅夜《こうや》』だったかの？　その名のとおり、夜に舞い散る紅葉という意味じゃ」

　この羊羹にそんな名前があるとは知らず、真司は感心したように頷いた。

「へぇ〜。なんか、かっこいい名前だなぁ。あ、そういえば……」

「ん？　どうした？」

「あのね、さっきね、まめくんに会ったの〜……じゅるり」

　真司が言葉を発する前に、菖蒲の栗羊羹を物欲しそうに見つめていたお雪が言った。

菖蒲は、羊羹を一口サイズに切って、お雪の口に入れてあげる。あーん、と大きく口を開けおいしそうにモグモグと食べるお雪。

「僕、もう小豆ちゃんに関わるなって言われたんです。初対面だったのに……」

「はぁ……」と、溜め息を吐いて落ち込んでいると、菖蒲が真司の頭をポンポンと叩いた。

「そう落ち込むことはあらへん。嫉妬しとるだけじゃ」

「嫉妬、ですか？」

『嫉妬』という言葉に真司は首を傾げるが、すぐにピンときた。

「え、それって……まさか……」

「そのまさかじゃよ。豆麻は、小豆のことを好いておる」

「えぇぇっ!?」

「お待たせしました。皆さん、お茶が入りましたよ～、って、あらあら？　真司さん、なにをそんなに驚いているのですか？」

タイミングよく現れた白雪は、真司の驚いた声にキョトンとし首を傾げる。

「あのね、まめくんが小豆ちゃんのことを好きなのにびっくりしてるの」

「あぁ、そのことね。ふふっ」

驚いた理由に納得すると、白雪は湯気が立っている湯呑みをそれぞれの前に置いていく。白雪は自分の前にも湯呑みを置くと、いそいそとこたつに入った。

「彼は、素直ではありませんからねぇ」

「うむ。そのとおりじゃ」

豆麻が小豆のことを好きなのはわかったが、真司にはどうしても腑《ふ》に落ちないことがひとつあった。

「好きなら勝負することないんじゃ――」

「言ったじゃろ？　素直ではないと。あぁでもせんと、話しかけられんのじゃよ。いつも小豆に対してツンケンしよる。妖怪のくせに初心なやつじゃ。ふふふっ」

クスクスと着物の袖口を口元に当てて笑う菖蒲に、真司は確かにそうかも……と、苦笑したのだった。

＊　＊　＊

そして、翌日。

いつものように、学校から帰った真司が菖蒲の家へと赴くと、今日も小豆が訪れていた。

「こんにちは！」

礼儀正しく挨拶をする小豆に、真司はニコリと笑って挨拶を返す。

「こんにちは」

「そういえば、まだ、自己紹介をしていませんでしたね。ウチは、小豆洗いの小豆と言います。よろしゅうに。それと、昨日はお騒がせして申し訳ございませんでした」

「いえいえっ！　あ、僕は宮前真司です。よろしくね」

いた。

挨拶を交わすと、真司はこたつの上に置かれているいろいろな和菓子に内心驚いていた。

「はい！」

挨拶を交わすと、真司はこたつの上に置かれているいろいろな和菓子に内心驚いて
「あの……これは？」

すると、小豆はなにかのスイッチが入ったのか、すごい気迫で真司の前に歩み寄る。

「……っ!?」

真司はそれに驚いて一歩後ずさった。一方、小豆の目は眩しいぐらいに輝いていた。

「真司さんも、ぜひご試食してください！　これは、勝負のためのお菓子の試作で、この中からよりすぐりのものを選ぶつもりです！　さぁ！　さぁ、さぁっ！　さぁさぁさぁ！」

「あ、あああの……お、落ち着いて……？」

「さぁさぁ、さぁさぁっ！　遠慮なさらずに！」

――こ、怖いっ！

「こりゃ！」

「あうっ！」

見兼ねた菖蒲は、すかさず小豆の後頭部にチョップを食らわせた。真司は、暴走気味の小豆を止めてくれたことに、内心ホッと安堵の息を吐く。

――た、助かったぁ……。

小豆は申し訳なさそうに真司に何度も頭を下げた。

「す、すみませんっ！　ウチったら、つい熱くなってもうて……」

「き、気にしないで？　あはは……」

「お前さんは、もう少し周りを見んしゃい」

「はうぅ……はいです……」

真司はそんな小豆を横目に、たくさんの和菓子に目をやった。

真司が最初に目についたのは、夏物の和菓子なのだろうか？　ゼラチンの中に金魚が泳いでいるように見える和菓子だった。

「これ、小豆ちゃんが作ったの？　すごいなぁ。食べるのがもったいないくらいだね」

素直な感想を述べると、小豆は恥ずかしいのか頬を赤く染める。

褒められたことですっかり真司に懐つき、小豆は和菓子をひとつ手に取り真司に見せる。それは、餡子《あんこ》で包まれた手のひらサイズの練り菓子だった。

「真司さん、これも食べてみてくださいっ！」

「うん。ありがとう。これも、すごくおいしそうだね」

そこで、ふと、思い出し辺りを見回す真司。

「ん？　どうかしたかえ？」

「あれ？」

菖蒲と小豆はお互い顔を見合わせると首を傾げた。

「あ。いえ……そういえば、今日は白雪さんとお雪ちゃんの姿が見えないので、いったいどこにいるのかなぁって思ったので」

そう言うと、小豆はあからさまに嫌な顔をした。まるで、苦虫を噛み潰したかのような顔だ。

「実はの、あやつらは豆麻のところに行ったんじゃよ」

「え？」

「行った、ではありません！　あれは連れていかれたのです！　誘拐です、犯罪です！」

真司はますます状況がわからなくなる。

「つまりじゃな――」

菖蒲は苦笑し、真司が来る前の出来事を話した。菖蒲の話だと、つまりこうだ。

小豆が菖蒲の家に来ると同時に、豆麻もここを訪れたらしい。そして、そんな小豆を見てこう言い放った。

『お前だけ試作の味を見てもらうとかずるいぞっ！　贔屓だ！』

そう言うと、白雪たちを問答無用で連れていった。また、白雪たちも満更《まんざら》ではないらしく、すんなりと豆麻のあとについていったみたいだ。

「自分の試作品を食してくれる人がいないからって、白雪姐さんたちを無理やり連れて行って！　失礼極まりないです！」

　プンプンと怒る小豆に真司は苦笑し、反対に菖蒲は呆れたように溜め息を吐いたのだった。


　一方その頃、白雪たちは豆麻の店にいた。

　豆麻のお店のイートインスペースで、お雪は口元にクリームを付けながら、目の前のケーキを夢中で食べていた。

「おいしー！　ケーキ♪　ケーキ♪」

「こらこら、雪芽。口元にクリームが付いているわよ？　ふふふ、困った子ねぇ」

　まるで自分の子供の世話をするかのように、お雪の口元に付いているクリームを淡い水色の手ぬぐいで拭う白雪。

「まだまだありますよ、姐さんたち！」

　豆麻はそんなお雪の前にさまざまなケーキをテーブルに置いていった。お雪は出されたケーキをモグモグと食べる。もうどれだけの数を食べたのかわからないが、それを止める者はいなかった。

　豆麻は椅子を引き白雪とお雪の向かいに座ると、気迫のある表情でふたりに聞いた。

「それで、今までのでどれがうまかった!?　どれが勝てそうなケーキやった!?」

「んーとね～、私は、これー！」

そう言ってお雪が指したのは、苺やフルーツがたくさん入っているショートケーキだった。上にはイチゴの他に雪兎の砂糖菓子がちょこんと乗っている。クリームが雪に見えてかわいらしいケーキだった。

「ふむふむ。なるほど。白雪姐さんは？」

「私は……とても決められないです」

ニッコリと微笑む白雪に、豆麻はうなだれる。

「あらあら」

「姐さんが決められないってことは、どれも同じような味と見た目ということですよね？　売りあげがよくても、俺には、姐さんを満足させるケーキを作る才能がないのか……」

「そんなことありませんよ。どれもおいしいから選べないということです。ねぇ、雪芽？」

「うん！　全部おいしくてかわいいよ！」

「……うぅ、そうだったんですね。お雪も、ありがとうな」

白雪とお雪の言葉に泣き喜ぶ豆麻は、気持ちが落ち着くと、突然、思いつめたような表情になり、テーブルに両肘をつき溜め息を吐いた。

「はぁ……白雪姐さん。俺は、どうしたらいいんでしょうか……？」

「はい？」

唐突な質問に白雪が首を傾げ、お雪と目を合わせる。お雪は「わかんなーい」と、首を横に振りながら言った。

「はぁ～……」

「あの、どうしたのですか？」

「……小豆のことですよ。恥ずかしながら、姐さんならすでに気づいていると思ったんですが……」

最初はなんのことかわからず、お雪と白雪は首を傾げていたが「小豆のことですよ」と言った瞬間、ふたりは豆麻がなにに悩んでいるのかを理解した。

しかし、白雪はあえてわからないふりをする。素直になれない豆麻の口から直接その言葉を聞きたかったのだ。

「どうしたのですか、豆麻くん？」

「だ、だから……そのぉ……」

口ごもりなかなか言いそうにない豆麻にわからないふりをしていた白雪は、彼の背中を押すために、意地悪そうに「ふふっ」と笑う。

「私は、豆麻くんの口から出るまでなにも言いませんよ？」

「うっ！　……はぁ、白雪姐さんや菖蒲様にはまったく敵いませんね……。よし！　俺は言うぞ！　おっ、俺が……！　あ、ああ小豆のことが、すっすすす好き、ということです……!!」

「はい、よく言えましたね」

「っ!!」

拍手する白雪とお雪に、豆麻の顔は途端にイチゴのように赤くなる。そして、恥ずかしくなったのかそのまま俯いてしまった。

「その言葉を小豆ちゃんにも伝えたら、喧嘩なんてしないですみますのにねぇ」

「ぐうの音も出ないです……」

「伝えないのですか？」

「そっそれは、そのぉ……ねぇ？」

豆麻はお雪の方を向いて同意を求めるが、お雪にはさっぱり伝わらず大きな瞳を瞬きさせると子リスのように首を傾げた。白雪は困ったような顔をし、頬に手を当てるとなにか思いついたのかポン……と手を合わせた。

「では、こうしましょう。いっそのこと小豆ちゃんへの愛が詰まったお菓子を作り、この勝負で想いを伝えると」

「うえぇぇぇっ⁉」

　豆麻は勢いよく椅子から立ち上がった。その拍子に椅子は倒れてしまったが、豆麻の動揺が激しいのか、ロボットのようにぎこちない動きで椅子を元に戻すと、今度は首を勢いよく横に振った。

「む、むむむ無理ですよ⁉　無理無理無理！」

「あら？　どうしてですか？」

「だって、俺、あいつに嫌われてるし！　も、もし、ふられたら……。そ、それに本来の勝負は――」

　すでにふられることを恐れ「本来の勝負はどうするのか」を聞こうとした瞬間、白雪は無言で微笑む。

　まるで「勝ち負けと小豆ちゃん、どちらが大切なんですか？」と圧をかけられているように感じた。その無言の微笑みに、豆麻はビクッと肩が上がった。

「うっ！　し、白雪姐さんの無言の笑みが怖い……！」

「当たって砕けろ～ぉ♪」

「うぅ……。俺に拒否権は無いってことか……」

　再び、がくりとうなだれる豆麻に対し白雪は楽しそうな表情で微笑んだ。

「さぁ、そうと決まれば、ここにある物よりもっと素敵なケーキを作りましょうね」

「おー！」

「お、おー……」

そう言って三人で拳を空に掲げると、豆麻は心の中で「俺の恋はどうなるんだぁぁあ」と思い頭を抱えたのだった。


その頃、菖蒲たちはというと、さすがに甘い物続きの試食に少々胸焼けを起こしていた。

「さすがに、もうキツいのぉ……」

「右に同じくです……」

「おっおふた方、申し訳ありません……！」

真司は畳に手を付き、なにもない天井を見上げる。

「はぁ～。それにしても、こういろいろあると決められないですねぇ」

「そうやのぉ。うーむ……」

菖蒲は手を顎にやると考え始め、ふとなにかを思い出したように顔をあげた。

「そういえば、小豆よ」

「は、はい！　なんでしょうか！　菖蒲様！」

小豆は慌てて背筋を伸ばす。その面持ちはなにやら緊張しているようだ。

──商店街の管理人をしているくらいだし、やっぱり、菖蒲さんって位の高い妖怪なんだなぁ。

真司は、その様子を見てつくづく思った。

白雪も勇も、そして隣にいる小豆さえも、周りの妖怪たちは皆、菖蒲のことを『姐さん』と呼んだり名前に『様』を付けている。そして、なにかが起こるとこうやって菖蒲に頼ったりしている。

ときには、菖蒲の顔色を窺いつつ話をしたりする妖怪もいて、真司はますます菖蒲の正体が気になっていた。

「小豆。お前さんは、豆麻のことをどう思っとるのじゃ？」

「……へ？」

「……え？」

唐突な質問に、小豆はもちろん、菖蒲の正体について考えていた真司も目が点になる。そして、小豆はカッと目を見開くと地団駄を踏みそうな勢いで菖蒲に言った。

「そりゃぁ、腹立ちますよ！　小豆をバカにして！　小豆の和菓子だって世の皆様に愛されているのにっ！」

「いやの、そうじゃなくて……つまり、豆麻のことを好いておるのか否かを聞いておるのじゃ」

そのものズバリな質問に、小豆の顔は、みるみるうちに赤くなっていった。しまいには、耳まで真っ赤だ。

——この反応は、もしや……？

「ほぉ」

菖蒲も真司も、小豆の反応になんとなく察しがつく。

「そ、そそその……べ、別にウチはっ！　……はぅ……」

否定しようにも菖蒲の前だからか、それとも自分の気持ちに嘘がつけないのか、小豆は小さな声で、「はい……す、すすす好き……です」と、言った。

小豆の顔は真っ赤を通り越し、まるで茹《ゆ》でダコのようになっていた。見る人からしたら、小豆の頭から湯気が立っているようにも見えるだろう。小豆は恥ずかしさのあまり、ギューッと力強く目を瞑《つむ》っている。

「あ、やっぱり」

「やはりの」

菖蒲と真司は同時に言った。その言葉に小豆は、大層驚いて声をあげる。

「え、えぇぇっ!?　あ、あああの、もしかしておふた方は私の気持ちに気づいていたのですか!?」

まるで想像していなかったような小豆の反応に、ふたりは互いに目を合わせると、同時に小豆を見る。

「ま、まぁ……さっきの反応を見れば」

「そりゃぁの～。お前さんらとは付き合いも長いし、そもそも、私を誰やと思っとるんえ？」

「は、はぅぅぅ……恥ずかしいです……」

モジモジとする小豆は恋する乙女に見えた。長寿の妖怪でも恋をするとどこまでも初々しく見え、それを見ている真司もふたりの恋を応援したくなる。

「でも、好きならなんでいつも喧嘩を？」

「べっ、別に、好きで毎日喧嘩してるわけちゃうんですっ！」

「お前さんも、素直になれない妖怪というわけじゃな」

「うっ……」

どうやら図星を突かれたようだ。好きな子に素直になれず、それでも気を引きたくて、ついいじめてしまったり意固地になってしまうのは妖怪も人間も同じらしい。

そこで真司は、ふと思いついた。

「あ、そうだ。それならいい機会ですし、この勝負をきっかけに告白したらどうですか？　たとえば、交換する勝負用のお菓子を〝好き〟が伝わるお菓子にするとか」

――だって、相手も好きらしいし、なんだかすれ違いの恋って悲しいし……。

真司の言葉に菖蒲は名案とばかりに手を叩いてコクリと頷くと「うむ、それはよい案じゃ」と言った。

「えええええっ!?　こっ、ここここ告白!?　〝好き〟が伝わるお菓子!?　むっ無理です、無理ですーっ！」

「黙らっしゃい！」

「ひゃうっ！」

ピシャリと菖蒲に喝《かつ》を入れられた小豆は、怯えた犬猫のようにシュンと俯き肩を下げた。

――あ、菖蒲さんが……怒った？

真司も菖蒲の喝に一瞬驚いたが、それよりも、あの菖蒲が怒るということが珍しく言葉を失っていた。

菖蒲が正座をしながら小豆に向き直ると、小豆も慌てて菖蒲に向き合う。

「ええか？　小豆。私はの、おたが――いや、えーと……あれじゃ！　お前さんが、うじうじとしているのが見ていられんのじゃ！」

うっかり豆麻の想いを口走りそうになった菖蒲は慌てて言い直す。

「そもそもじゃ。お前さんたちは、会うたびに口喧嘩をする。そして、小豆。お前さんは豆麻に負けると、いつもいつも『辞めたい』だの、やれ『修行に出る』などと言う。私はそのたびに言っておろう？　お前さんの腕は確かだと。この際、いつもの勝負事はおいといてお前さん自身のためにも、そろそろ決着をつけんしゃい」

菖蒲に正論を言われすっかり消沈すると、小豆は参りましたと言わんばかりに「う……。わ、わかりました……」と言った。菖蒲はさらに続ける。

「それにな。こうも喧嘩してたら、それこそ想いなど一生伝わらぬし届かぬぞ。最悪、嫌われてしまうえ。妖怪なら妖怪らしく、シャキッと堂々とせい！」

「は、はいですっ!!」

菖蒲は、肩をすくめた小豆にまたもや喝を入れる。すると小豆は、背筋を伸ばし慌てて返事をした。菖蒲は小豆に「うむ」と言いながら頷いた。

「そうと決まれば、想いが伝えられる菓子を作るえ！」

「は、はいっ！」

「僕も手伝うよ、小豆ちゃん」

真司の優しい言葉に、小豆は救われるような目で真司の手を取った。

「菖蒲様、真司さん！　ありがとうございます！　ウチ、頑張りますっ！　この小豆洗いの名にかけて、全力で頑張らせていただきます！」

こうして、想いを伝えるための愛が込められたお菓子を作ることとなったのだった。

＊＊＊

翌日。

真司は学校の授業中も「どうやったら、ふたりをくっつけることができるのだろう？」と、ずっと考えていた。昨日も菖蒲と小豆と一緒になって〝愛を伝えるお菓子〟を考えていたが、なかなか、それらしい案が浮かばなかったのだ。

小豆は肩を落としながら自分の家へと帰り、入れ違うように白雪たちが帰ってきた。真司と菖蒲は小豆のことを白雪とお雪に話すと、帰ってきた白雪から、豆麻の方も勝ち負けを決めるお菓子より〝想いを伝えるお菓子〟を作ることになったという話を聞いた。

意地を張らずにお互いに〝好き〟と、伝わるようなお菓子を作ることになったことに、真司は喜ばしく思った。だからこそ、ちゃんと想いが心に届くような素敵なお菓子を考えたかった。

――好きだってわかるようなお菓子、かぁ……。

「難しいなぁ……」

窓の外を見ながら小さく呟くと昼休みの始まりを告げるチャイムが鳴り、真司は席を立つ。

――もしかしたら、図書室にお菓子の本があるかも。

そう考え、そそくさと教室を出て図書室へと向かった。昼休みになったばかりで廊下には生徒がたくさんいたので、真司はそれを避けるように廊下を歩き、図書室の中へと入る。図書室には生徒はおらず、図書委員の人だけのようだった。

真司は棚のジャンルや並べられている本を見ながらお菓子の本を探す。

「えっと……お菓子……お菓子……」

料理本の棚から、真司はお菓子の本を見つけた。それは『完全レシピ　お菓子の家』という題名の約三十種類のお菓子が載ったレシピ本だった。

「あった！」

思わず大きな声を出してしまい、慌てて手で口を塞ぐ真司。本を棚から取り、静かに席へと腰を下ろすと、ページを捲っていく。

――うーん……どれも洋菓子ばかりだなぁ。このチョコレートとかかわいいし、おいしそうだし、ありだと思うんだけど……。

ハート型のチョコケーキやチョコレートを見ながらも、真司はなにか違うと思った。

真司は首を傾げ「うーん」と唸りながら考える。

すると、コツンと誰かが真司の頭を小さく小突いた。真司は本から顔をあげ、後ろを振り向く。

「お、荻原《おぎわら》くん――じゃなくて、荻原に神代《かみしろ》」

真司は小突かれた頭を押さえながら、後ろに立っているふたりの名前を呼んだ。

「よっ、真司！」

元気よく返事をするのは、荻原海《かい》。背が小さく小柄で、ふわふわな髪やその元気っぷりから犬みたいな彼は周囲からは『うみちゃん』と呼ばれている。

そして、その隣で無言で片手をあげているのは、海の幼馴染みである神代遥《はるか》。海とは反対に背が高く、成績優秀・スポーツ万能でしかもクールイケメンと三拍子が揃った完璧なのが、この遥だ。大人びていて中学生には見えず、真司までもが「かっこいい」と、思ってしまったぐらいだった。

そして、このふたりが避けても避けても真司に話しかけ、いつの間にか大阪での数少ない友達になったふたりでもある。

当初、真司は、海のことを『荻原くん』、遥のことを『神代くん』と呼んでいた。

だが、海が『〝くん〟とか気持ち悪いって！　普通に荻原でええよ、なんなら、海でもええで！』とグッと親指を立てながら言い、それに遥も頷いたため、真司は慣れない呼び捨てで彼らのことを呼ぶことになった。

真司はふたりがなぜここにいるのかわからず、小声でふたりに言う。

「どうしてここにいるの？」

「んなもん、真司のあとをつけたからに決まってるやん！」

「俺は止めたけどな」

そう言うと、海も遥も真司を挟み込むように椅子に腰かけた。海は不貞腐れたような顔で机に頬杖をつく。

「だってよ〜、最近の真司は放課後とかすぐどっか行くやん？　遥に引き止めといて言うても遥はガン無視やし」

「なにか大事な用かもしれんからな」

海は唇を尖らせ「ほら、そう言うやろぉ〜」と言った。

真司は最近ふたりと接していなかったことを思い出す。遥とは同じクラスということもあり、少しだけ話したりするが、クラスが離れている海に会いにいくことはなかった。せっかく自分のことを気にかけてくれているふたりに対して、うまく応えられないことに申し訳ない気持ちになり、真司は海と遥に謝った。

「ごめん……別に、避けてるとかじゃないんだ……」

「え!?　さ、避けてたん!?」

「え？」

「え？」

海と話のキャッチボールができず真司も海も首を傾げる。

真司自身は最初の頃、ふたりのことを避けていたのだが、どうやら海にはそれが伝わらなかったらしい。すっかりしょげている海をポカンとした様子で真司が見ると、遥が真司の肩をポンと叩いた。

「こいつ、そういうやつやから」

「……ぷふっ」

真司はなんだかおかしくなって笑った。すると、しょげていた海も「あははっ」と笑い、遥もつられたように笑った。

すると、さっきまで静かだった図書委員の人が真司たちを注意するようにわざとらしく空咳をした。三人は慌てて口を閉じる。

「ところでさ、こんなとこで真司はなにやってんや？　つか、なに見てん？」

真司が読んでいた本を覗き込むように見る海。遥も少し興味があるのか、黙ったまま本を覗き込むと、「お菓子の本？」と、ふたりが声を揃える。

「あ、うん。ちょっとね。その……」

――どうしよう……本当のこと言えないし……。

様子を窺うように海を見る。海はよくわからんというような表情で首を傾げていた。

どうしようか悩んだ末、真司は小豆と豆麻が妖怪だということを伏せて、海と遥に事情を相談したのだった。

一通り話を聞いた海は椅子にもたれかかって「なにその純愛ー！」と叫んだ。

「わわっ！　しーっ！　また怒られるよ！」

海は両手で口を塞ぐと、目を光らせている委員の人を見てニヘラ～と笑う。逆に、遥は落ち着いた様子で「ふーん」と頷きながらお菓子の本を捲っていた。

「お菓子ねぇ」

「お互い素直じゃなくて……。言葉では伝えられないけれど、好きって気持ちをなんとかして届けられたらなって」

「んー、普通に好きって文字で書いたらあかんのか？　ほら、誕生日の板チョコみたいなん」

それも考えた真司だったが、素直じゃない小豆や豆麻には難しいだろうと思った。

「たぶん、恥ずかしくてできないんじゃないかな……。ほんと、すごく素直になれない子だから。あはは……」

「そうなるとぉ～……うーん、なんやろな？」

海が遥に聞くと、遥はおもむろに席を立ち、別の本を棚から取り出した。それは、『花図鑑』と書かれた本だった。

「花の図鑑？」

「なんやそれ」

「花にはさ、いろんな花言葉があるねん。悲しみ、絶望、幸せ、愛情とかな」

それを聞いて真司は遥の言いたいことがなんとなくわかった。

「そっか……花言葉か。花言葉のお菓子……うん、それいいかも！」

「そういうこと。前にテレビで見たからな。花のお菓子」

「さすが、遥!!」

真司と海が遥の案に賛成していると、委員の人がまたもやわざとらしく咳をした。

真司と海は口を閉じ、コソコソと話をする。

「うん。それ、すごくいいよ。ありがとう、神代。荻原もありがとう」

「い、いや～……えへへへ」

照れたように頭を掻く海を遥はボソリと言った。

「お前、なにもしてないやん」

「なっ!? し、失礼なやっちゃ！　ちゃんと俺も考えたっちゅうねん！」

「あっそ」

「カッチーン！」

ふたりのやり取りに真司はおかしくなり、怒られない程度に笑う。そして、ふと、
真司は「もし、このふたりに目のことを話したらどう反応されるだろう？」と思った。

まだ本当のことは言えない。けれど、ふたりの反応が見たかった。

――少しだけ話してみよう、かな。

本当のことは言えないけれど、ほんの最初の部分だけ真司はふたりに聞いてみることにした。

「ね、ねぇ……」

「ん？」

海と遥が真司を見る。真司は目を合わすことができず、机をジッと見ながら話した。

「ふたりはさ、その……幽霊とか、よ、妖怪とかって信じる……？」

突然の質問に遥も海もポカンとした表情で真司を見る。真司は反応が怖く、膝の上にある手をギュッと握り目をつぶった。すると、海がおかしそうに笑い始めた。

「ぷふっ！　あははは！　んなもんおるわけないやん！」

「そ、そう、だよね……」

普通ならそういう反応をするだろう。わかっていたことなのに、真司の心は少しだけチクリと痛くなった。

楽しかった気分も段々沈み、真司は自嘲気味に笑った。

「変なこと言ってごめん。あはは……」

「変じゃねーよ」

「え……？」

真司が謝ると、遥が真司を見ながら言う。遥は小さく溜め息を吐くと、真司から顔を逸らし椅子にもたれかかる。

「信じるか信じないかと言われたら、俺は信じる」

「まじで?」

海が驚いたように言った。遥は「あぁ」と短く返事をすると話を続ける。

「昔は実際にいたっていう話もあるし。それがでっちあげかは知らんけど、いてもおかしくはないと思ってる。はなから否定はしないな」

「うっ……」

痛いところを突かれたように、海が小さく呻いた。すると、海は気まずそうな顔で真司に謝った。

「そ、そのぉ……ごめん。俺は、そういうのようわからんし、見たことないけど……ま、まぁ、否定はせんよう頑張る!」

「笑ってたくせにな」

「うっ、うるせー!」

遥と海の言葉に、沈んでいた真司の気持ちがふわっと浮いた気がした。

真司はふたりのそんな言葉が嬉しくて、少しだけ泣きそうになった。涙をグッと抑え、真司は笑みを浮かべる。きっとその笑みはぎこちないものになっているだろう。

「あはは、あんまり大きな声を出すとまた怒られるよ」

「おっと、あぶな」

真司と海は小さな声で笑い、遥はただふっと笑っていた。

真司は思う。「このふたりに、いつか本当のことを言えたらいいな」と。

それがいつになるかわからない。けれど、不思議とこのふたりは、目のことや真司のことを受け入れてくれるような気がした。

——そして、こんな時間が、目のことを打ち明けたあとも続いたらいいな……。

そう思うと、真司は遥が棚から取った花の図鑑を見る。

——豆麻くんの方もこの案でできないかな……？　菖蒲さんたちに話してみよう。


その日の授業が終わり、真司は帰り道の途中で海と遥と別れると、そのままあやかし商店街に赴き、路地裏を通って菖蒲の家へと向かう。

菖蒲の家の居間に入ると、菖蒲たちがいつもと同じようにお茶を飲んでいる。

真司はお茶を淹れるために立ち上がった白雪と入れ違うように菖蒲の向かいに座ると、図書館で借りてきた花の図鑑をこたつの上に置いた。

お雪が興味津々で本を見る。

「それなーに？」

「図鑑だよ。菖蒲さん、僕なりにどうやったら小豆ちゃんや豆麻くんがお互いの気持ちを伝えられるか考えてみたんです」

菖蒲は真司の言葉に関心を持ったかのように「ほぉ〜」と言った。

「それは、ぜひ聞かせてほしいの」

「はい」

「私も見る！　見る！」

お雪が元気よく返事をするように右手を上げながら言う。すると、お茶を淹れに立っていた白雪が居間に戻って来て、話に加わった。

「なんの話ですか？　私にも聞かせてください」

「もちろんです」

真司は学校で出た案を菖蒲たちに話す。

「自分の気持ちを伝えるには、ストレートに『好き』と言えばいいと思うんですが、素直になれない小豆ちゃんと豆麻くんは、お菓子に直接『好き』って書くこともできないと思ったんです」

「確かに、そうやね」

「ですね」

「だね〜」

三人が真司の言葉に賛同し頷くと、真司は話を続けた。

「それで、他になにか伝える方法がないかって思ったんです。それで、これです」

「花の図鑑かえ？」

「はい。花にはそれぞれ花言葉がありますよね？　気持ちを言えなくても、こっそりと伝えられるんじゃないかって……」

菖蒲と白雪は真司の案を聞くと、それぞれ「なるほど」と言いながら頷いた。お雪だけはよくわかっておらず、首を傾げこたつに置いてあるお菓子をポリポリと食べていた。

「同じものを調べさせると相応の知識が得られる……ゆえに、それぞれの花の形で言葉の意味が密かに伝わるということやね」

「はい」

「うむ。よく思いついたの」

真司はその案が実は学校の友達が考えたことを伝えると、菖蒲がニコリと微笑んだ。

「そうか。よい友達を持ったの、真司」

真司は、学校の図書室での会話を思い出すと自然と口角があがった。そんな真司を見て菖蒲は「ふふっ」と笑う。

「では、真司のその案で行こう。白雪、お雪、よいな？」

「はい」

「はーい♪」

こうして、真司たちはこっそりと裏でふたりの背中を押すことに決めたのだった。

菖蒲たちが陰で糸を引きながらも、小豆と豆麻はそれぞれ味も見た目も納得ができるまでお菓子作りに試行錯誤し、商店街の皆にも配るお菓子を大量に作っていた。そして、あっという間に勝負の日がやってきた。

勝負場所は、商店街の中にある開けた場所——灯火《ともしび》広場。広場の隅にはベンチがいくつかあり、子供の妖怪が遊べるように小さな滑り台がある。この広場の中央で仮設ステージを建て、そこで小豆と豆麻は勝負をすることになった。これは、菖蒲の取り計らいである。

本日の勝負事はこうだ。作ったお菓子を交換し、まずは〝職人〟として味と見た目を互いに評論し合う。次に、そのお菓子を観客の妖怪たちにも振る舞い、観客はどちらがよかったかを紙に書き投票箱へ入れるという流れだ。当然、名前の数が多い者が、この勝負の勝者になる。

ステージを挟み込むように作られた臨時の待合室には、小豆の方には菖蒲と真司、豆麻の方には白雪とお雪がいた。

小豆は椅子に座りながら俯いている。手が微かに震えているのがわかった。

真司はステージの向こう側にいる豆麻の様子を覗き込むように窺ってみると、豆麻も小豆と同じように緊張した面持ちで俯いていた。

真司は小豆の方に視線を移す。

「小豆ちゃん、かなり緊張してますね」

ボソリと菖蒲に耳打ちする真司。菖蒲は小豆の不安気な様子を見て、同じように耳打ちしながら真司に話す。

「うむ……しかし、あの菓子はなかなかだと思うがのぉ。よい出来じゃ」

「確かにそうですね。花言葉をモチーフにしたお菓子、とてもいいと思いました」

「じゃな。お前さんの友人に感謝せねばな」

「はい」

真司は頷くとテーブルの上にある箱を見た。この箱の中には小豆の気持ちが込められたお菓子が入っている。菖蒲はそれを手に取り小豆に手渡した。

「ほれ、小豆」

「は、はい！」

「頑張るのじゃぞ？」

小豆は軽く頷くと、小さな箱を持ってステージに上がり、菖蒲と真司もそれぞれの場所へと向かった。

　一方、豆麻チームの待合室。

　豆麻は、少し大きなラッピングされた箱を真剣な眼差しで見つめていた。

「…………」

「あらあら、緊張しているようねぇ」

「だね～♪」

　白雪は頬に手を当て豆麻を見ると、まだ箱をジッと見て、不安気な表情をしていた。

　白雪はそんな豆麻の肩を優しく叩いた。

「豆麻くん、大丈夫ですよ。とても素敵なものを作ったのですから、ふふっ」

「そ、そうだよな！　白雪姐さんがせっかく考えてくれた案だし、大丈夫だよな！」

「うん！　それ、すごくかわいいよ～。あとね、おいしそーう！」

「そ、そうか……？　よっ、よしっ！　俺、行ってくる！」

　力強く頷くと豆麻もまた、ステージへ向かったのだった。


　そして、勝負は開始された。

「さぁ、いよいよ始まりだぁー！　甘味勝負！　果たして今回はどちらが勝者となるのか⁉　ちなみに、司会を務めさせていただきますのが、天狗《てんぐ》の天翔《てんしょう》でございます！

それでは、これより、小豆と豆麻の甘味勝負を開始致します！　両者、前へ！」

「いいぞいいぞー！」

「小豆ちゃん、負けるなー！」

「豆麻、頑張れよ！」

会場に妖怪の歓声が響き渡る中、小豆と豆麻はステージに置かれたテーブルを挟んで座り、それぞれお菓子が入った箱を前に出し、それを交換する。

仲裁役としてテーブルの中央には菖蒲が座っていた。

ふたりは交換した箱をそっと開けた。

「っ⁉」

そして、ふたりは箱の中のお菓子に驚く。

豆麻が作った物は、六角形のケーキ。しかし、それは普通のケーキではなく和テイストのケーキだった。

生地には、ほうじ茶の香りがするスポンジを使っている。ケーキの周りや中央には、薔薇《ばら》の形をした抹茶クリームがいっぱいに乗せられていて、まるで、薔薇の花束に見える。見た目は洋風でも、和を忘れていないお菓子だった。

一方、小豆が作った物はカクテルグラスに入ったシンプルなゼリーだった。

中央には生クリームがちょこんと小さく乗っており、ゼリーの中には立派なハナミズキが咲いていた。

お互い花をイメージしたお菓子に、小豆と豆麻は顔を見合わせる。

「お前……まさか」

「嘘、でしょ……？」

豆麻と小豆は花言葉の意味を細かく調べつくし、どんな花がいいかを考えお菓子を作ったので、目の前に置かれている花の意味が自然とわかった。

薔薇は、色や本数等で花言葉が変わるが全般の花言葉は『愛』。そして、ハナミズキの花言葉は『華やかな恋』『私の思いを受けてください』。

小豆と豆麻は、花言葉の意味に「そんなはずはない。きっと気のせいだ」と思いながらも、おそるおそるお互いのお菓子を口に含む。

「っ！　すごくおいしい！」

「え……この上にあるクリーム……まさか、豆乳？」

ふたりはバッと顔をあげ、再び互いに目を合わせる。

「豆麻……」

「小豆……お前……」

交換し合ったお菓子を食べ、それに込められたものがお互いになにかを察したのか、小豆と豆麻はそのまま見つめ合う。

「おやおや？　なにやら、ふたりの様子がおかしいですねぇ。いったい、なにがあったのでしょうか？」

「しっ！　お前さんは黙らっしゃい」

菖蒲に止められた天翔は「えー……」と、言って不貞腐れた。

そして、観客席の最前列で見ていた白雪とお雪が小さな声で豆麻を応援する。

「豆麻くん、今です。頑張ってください！」

「がんばれー！」

豆麻は白雪たちの方を向き、黙って頷く。そして、真剣な表情で小豆のそばまで歩み寄った。小豆は一瞬身を引こうとしたが、グッと耐える。

「な、なんやねん……」

「小豆！　お、おお俺……俺っ……お前が好きだっ!!」

「え……」

その台詞に、事情を知らない妖怪たちは呆然と静まり返る。そして、一瞬の静寂のあと、今度はものすごい歓声が辺りに響き渡った。司会の天翔もノリノリだ。

「おーっと！　これは、これは！　勝負はまだ始まったばかりなのに、なんと!?　なんとなんと！　ここで愛の告白です！　まさに、青春だー!!」

になった。

「いいぞー！」

「よく言った!!」

「いやーん、私の豆麻く～ん！」

「小豆ちゃんも頑張れー！」

盛り上がった観客の、ふたりへの歓声はやむことなく続いている。

しかし、菖蒲が「静かにしなさい」というように片手を上げると、会場は再び静かになった。

――菖蒲さん、すごい……。さっきまでの歓声を一気に静かにさせちゃった……。

「して、小豆。豆麻はお前さんに想いを打ち明けた。ま、その菓子を見ればわかるやろうが……お前さんも、それに答えなければなぁ？」

「は、はいっ……！」

小豆は、緊張した表情で頷くと豆麻の方に向き直る。

目があった豆麻は、恥ずかしくて目を逸らそうとしたが、それではだめだとじっと小豆を見つめる。

「豆麻……。ウ、ウチも……ずっと、ずっとな……。す、好きやっ！　素直になれんかったんやぁーー!!」

叫ぶように『好き』と想いを伝える小豆の顔は、イチゴのように真っ赤になっている。もちろん、それは豆麻も同様である。

そして、豆麻はおそるおそる小豆の手をギュッと握った。

「小豆。俺、今まで素直になれなかった。ごめん……」

「ううん。ぇぇんよ……こっちこそ、ごめんな」

菖蒲と会場で見ていた白雪とお雪、真司は、手を握りあって恥ずかしそうに微笑んでいるふたりの姿にホッと安堵の息を吐く。そして、自分たちもまた微笑んだ。

――よかった。

妖怪のカップルが誕生するのを初めて見た真司は、ふと「自分にもいつか恋人ができるのかな?」と思った。

その瞬間、なぜだか菖蒲の顔が浮かび、ちょうど菖蒲とも目が合ったため真司は慌てて目を逸らした。

――なんで菖蒲さんの顔が浮かんだんだろう……?　今、菖蒲さんと目が合ったからかな?

真司はもう一度、チラッと菖蒲を見ると、菖蒲は真司を見ながら袖口を口元に当て、おかしそうにクスクスと笑っていたのだった。

その後、観客にお菓子を振る舞ったあと、この甘味の勝負事は呆気なく幕を閉じた。

結局、どっちが勝ったのか――それは、両者引き分けである。

なにせ、それぞれのお菓子には和と洋が入り交じり、なによりも愛が詰まった特別なおいしくて甘いお菓子なのだから。

＊＊＊

勝負が終わったあと、小豆と豆麻、真司と菖蒲たちは会場の片付けを手伝っていた。菖蒲はパイプ椅子を持ちながら空を見上げボーッとしている。真司は首を傾げながら、そんな菖蒲の姿を見ていた。

——菖蒲さん、どうしたのかな？

真司がそう思っていると、空を見上げていた菖蒲の顔が一瞬、悲しいものへと変わった。菖蒲はなにかを思い出しているのか、自嘲気味に笑っていた。

そして、それを忘れるように頭を左右に振ると片付けを再開したのだった。

真司は菖蒲の悲しい表情を前にも一度、見たことを思い出す。それは、白雪の店でお鍋を食べているときだった。

あの時は、瞬きをする間のほんの一瞬だったので、真司は気のせいかと思っていた。

だが、今ので確信した。

菖蒲には菖蒲の、つらい過去があるということを。

——そう、だよね……。菖蒲さんも妖怪で長く生きているんだもん。やっぱり、悲しい思い出とかあるよね……。

真司は思う。それでも、自分だけは菖蒲にはそんな思い出を作らせたくないと。

真司はそんな気持ちを胸に抱き、気を取り直して菖蒲に話しかけた。

「菖蒲さん、その椅子僕が持っていきますよ」

「む？　そうかえ？　おおきに」

真司は菖蒲からパイプ椅子を受け取り、椅子がしまわれている場所へと向かう。

「今日はどうなるかと思ったけど、うまくいってよかったなぁ」

椅子を持ちながらひとり言を呟く真司。すると、チリリン……と鈴の音と共に女の子が真司の横を通り過ぎた。

床に届きそうなぐらい長い黒い髪と鈴の音が気になり、通り過ぎた女の子を目で追う真司。その女の子も視線が気になったのか、後ろを振り返り真司のことを見ていた。

お互いに足が止まり、お互いを見る。

女の子は、十二単《じゅうにひとえ》のような鮮やかな着物を着ていた。耳元から流れる一房分の髪は赤い紐で結ばれていた。その結び目には銀色の鈴が付いている。

その鈴は以前、菖蒲からもらった数珠に付いている鈴と同じように見えた。

真司がなにか声をかけようと思った瞬間、突然、女の子が真司との距離を一気に詰め近づいてきた。

「えっ!?　あ、あの!?」

女の子は真司を上から下までジロジロと見ながら、真司の周りをぐるりと一周する。

そして、その足が目の前で止まると「お主が例の童子か!!」と言った。

「あ、あの……あなたはいったい誰ですか……？」

女の子の姿をしていても、この町にいる以上は人間でないのは確かだ。真司は少し
怯えながらも目の前の女の子に問いかけた。

「む？　我か？　ふっふっふっー、聞いて驚くなかれ！　この我は神様じゃー!!」

「え？　ええ～？」

腰に手を当て、胸を反らしながらドヤ顔で言う女の子に真司は驚きの声をあげた。

その様がどことなく勇に似ている。

だからか、先程まで感じていた怯えはいつの間にか消えていた。

「これ、もっと驚かんか！　なんじゃ、その微妙～に腑抜けたような驚き方は!!　我
は神ぞ!?　神様なのじゃぞ!?」

「そ、そう言われましても……突然すぎるというか……本当に神様なんですか？」

「カッチーンときたぞっ!?　むむむ～!!　菖蒲のお気に入りの童子を見つけたと思っ
たら、我のことを信じぬときた!!　とても許し難いぞっ!!」

自称神様は、拗ねたときのお雪のように頬を風船のように膨らませ、プンプンと怒る。真司は、その神様が発した『菖蒲』という言葉にピクリと反応した。

「菖蒲さんのことを知っているんですか？」

「当たり前じゃ。菖蒲とは付き合いが長いからの。ふんっ！」

顔をそっぽに向けながら真司に言う神様。

「菖蒲も昔はかわいげがあったものを、今となっては、まったく……」

真司は、このとき初めて『菖蒲』と呼び捨てにする人に出会い、内心驚いていた。

――妖怪たちは皆『菖蒲様』って呼んでいたのに。まさか、この人本当に……？

突然、神様だと言われても信じることができなかったが、昔の菖蒲を知っていて、呼び捨てにするという事実から、真司は「本当に神様、なんですか？」と再び確認する。すると、目の前の神様が驚いたような顔をした。

「なんと失礼な童子じゃ！　むきーっ!!　よいか、その耳をかっぽじってよく聞くのじゃ!!　我は多治速比売神社《たじはやひめじんじゃ》の主祭神である神、多治速比売命《たじはやひめのみこと》じゃ！」

「多治速比売……神社……」

その神社の名前に真司は聞き覚えがあった。そう、それは、あかしや橋の向こう側にある神社の名前だった。

真司は目の前の女の子があの神社の神様だと知ると、口をあんぐりと開けて驚いた。

「えぇぇっ⁉　あの神社の神様⁉」

真司の驚く姿をやっと見られて満足したのか、多治速比売命は満足気な表情で何度も頷いた。

「うむ、その反応じゃ。その反応を待っていたのじゃ〜」

「なっ、なら本当に、神様は昔の菖蒲さんのことを知っているんですか？」

「うむ！　と言っても、我が知っているのは菖蒲の過去の一部にすぎんがな」

「あ、あの――」

「あれ？　神様？」

真司が多治速比売命に菖蒲についてさらに聞こうとしたとき、手を繋いだ小豆と豆麻がやって来た。多治速比売命も真司も同時に振り返る。

彼女はふたりが手を繋いでいる姿を見ると「お〜！」と、言った。

「お主ら、ようやくくっついたか！　これはめでたいの〜！」

「あ、ありがとうございます、神様」

小豆が照れながら言った。

多治速比売命は小豆の隣にいる豆麻を見てニコリと微笑んだ。どうやら、ふたりのことも知っているらしい。

「よかったの、豆麻。我は、お主らの恋が叶って嬉しく思う。これからもお互い支え合い、助け合うのじゃぞ？」

「は、はい！」

多治速比売命は今度は真司の方を振り向いた。

「そして、童子よ。我は、お主に会えて嬉しく思う」

「僕にですか？」

「うむ。菖蒲のお気に入りと聞いたからの。どんな者か気になっていたのじゃ。不届き者ならこの我が退治しようと思っていたのじゃ！」

「退治!?」

真司が『退治』と聞いて驚くと、多治速比売命は袖口を口元に当てておかしそうにクスクスと笑った。その姿が自然と菖蒲と重なり、不思議と真司の心臓がドキッと鳴った。すると、彼女は突然ハッとなり「これはいかんっ」と言った。

「嫌な予感がする！　……もしや、社を抜け出したことが、もうバレたか……チッ、早急に戻らねば」

そう言うと、多治速比売命はふわりと宙に浮き、あっという間に空の彼方へと消えてしまった。

話すらまともにできなかったことと、突然現れたかと思えば消えてしまった神様に真司は、唖然となり、その場に立ちつくしてしまう。

小豆は苦笑いをしながら立ちつくしている真司に言った。

「あのおかたは、いつもあぁなんですよ。慌ただしいですよね？」

「そ、そうだね……あはは……」

すると、小豆が思い出したかのように「あ、そうでした！」と言った。

「ウチら、真司さんを呼びに来たんですよ」

「そうなの？」

「はい。あっちの片付けは終わったんで、菖蒲様が家に戻ろうって」

「そっか、わかった。小豆ちゃん、豆麻くん、わざわざ伝えに来てくれてありがとう」

「えへへ」

真司が礼を言うと、小豆は照れながら笑い、豆麻は真司から顔を背け「……ふんっ」と言った。相変わらず豆麻に嫌われているみたいで、ちょっぴり落ち込む真司。

真司は持っていた椅子を片付けると、多治速比売命との会話に名残惜しい気持ちになりながら菖蒲のところへ戻り、そのまま菖蒲の家へと向かったのだった。

菖蒲の家に戻り、白雪が淹れてくれたお茶を飲みながら居間でまったりとしていると、あとからやってきた小豆と豆麻が改めて菖蒲たちに頭を下げた。

「この度は、菖蒲様や皆さんにはほんまご迷惑をおかけしました！」

「その……前は『関わるな』とか言ってごめん。あのときは、人間が小豆に近づいてるらしいって聞いたからっていうのもあったけど……小豆から話を聞いて、お前がいいやつだってのがわかったんだ」

まだ嫌われていると思っていた真司は豆麻の謝罪に驚き、慌てて手を振った。

「いいよ、謝らなくても！　別に怒ってたわけでもないし！」

「そ、そうか？　なら、さ。今度、店に寄ってくれよ。うまい豆腐やケーキをご馳走《ちそう》するから！」

そう言ってくれたことに真司はなんとなく嬉しく思い「うん」と豆麻に返事をした。

菖蒲と白雪はそんなふたりを見て「ふふっ」と笑う。

「仲直りできてよかったね〜♪　真司お兄ちゃんのお友達の案もうまくいったし！」

小豆と豆麻はなんのことかわからず、お互い顔を合わせると菖蒲たちの方を向き首を傾げる。

「あの……その案って、なんのことですか？」

小豆が菖蒲に言った。

菖蒲は苦笑いをすると、隠していても仕方がないと思ったのか、全てを小豆と豆麻に話したのだった。そして、それを最後まで聞き終えた小豆と豆麻は顔を合わせると

「えぇぇぇ!?」と驚いた。

「そ、そんなことしてたんですか⁉」

「全然気づかなかった……どうりで、お互い花のデザートだと思った……」

「ウチは、たまたまやと思ってたわ……」

「俺も……」

驚いた様子で話す小豆と豆麻。それでも思うことは一緒なのか、ふたりは菖蒲と真司たちの方を見ると、もう一度頭を下げた。

「ほんま、ありがとうございます」

「ありがとうございます」

「こりゃ、顔をあげんしゃい。私らは切り出すきっかけを、お前さんらに渡したにすぎぬ。そのきっかけをどう使うか、どう思うかは己次第じゃよ」

「そうですよ、ふふっ」

小豆と豆麻はその言葉に顔を上げ、照れたような表情をするとお互い向き合い、コクリと頷いた。

「これからは、和も洋も関係なく、お互いの目線と考えを取り入れたお菓子を作り、皆に振る舞いたいと思います」

「おいしいって、笑顔で言ってくれるような幸せなお菓子を作ります！」

「これからも、何卒よろしくお願い致します‼」

そう声を揃えて言うふたりは、まるで熟年夫婦のように息がピッタリだった。菖蒲はそれを見て満足気な表情で頷いた。そばで見ていた真司も白雪もお雪も同じだった。

——想いがちゃんと伝わって、本当によかった。

豆麻と小豆が去ると、菖蒲は白雪が淹れてくれたお茶を音を鳴らし飲んでいた。

「やれやれ。やぁ～っと、長年の喧嘩ともおさらばじゃの」

「お疲れ様です、菖蒲さん」

真司が菖蒲に労いの言葉をかける。その途端、お雪が突然残念そうな顔をして、こたつに頬をつけ唇を尖《とが》らせた。

「むー。でもでも～、もうお菓子をいっぱい食べられなくなっちゃったー。残念～。ちぇ～……」

菖蒲は苦笑し、こたつの上の菓子盆に入ったお煎餅をお雪の前に置いた。

「これで、許してもらえぬかえ？」

お雪は黙ったまま煎餅を見る。すると、お雪は花のような笑みを浮かべ「いいよ！」と言った。

——さすが、菖蒲さん。

そして、お雪を含めた他全員もテーブルの中央に置かれている煎餅を一枚手に取る。

バリボリ、バリボリと、部屋に煎餅を咀嚼する音が響き渡る。

「なんだかんだあったけど、楽しかったですね」

「ふふふ。まぁ、たまにはあぁいう輩もおらんとな」

煎餅の音と共に、クスクスと笑う声が聞こえる菖蒲の家。

あやかし商店街は、今日も賑やかで平和であった。

第五幕　大晦日の大行事

人間の世界では、あっという間にクリスマスも過ぎ、気づけばもう年の瀬。十二月三十一日になっていた。街を歩けば、それぞれの家の玄関や車にはしめ縄が飾られ、帰省シーズンだからか、有料の駐車場は珍しく満車になっていた。

真司は、首元に巻かれているグリーンのチェック柄マフラーを少しあげ、ほぅと息を吐いた。その息は白くなり、上空へあがり消えていく。

——今日も寒いなぁ……。

左手には広大な敷地の『ひつじ公園』があり、右手には団地が建っている。真司はその間の坂を下り、小学校のグランドを通り過ぎる。やがて、大きな池が見えてきた。

「あ、今日も魚釣りをしてる人がいる」

きれいな池ではないが、釣り好きの人間はよくこの池で魚釣りをしている。それを横目に、今度は坂をのぼりきると、橋が見えてくる。

その先には神社と、梅の木が何百と植えられている『荒山公園《こうぜんこうえん》』があるが、真司は橋を渡ることなくその手前で立ち止まった。

そして、キョロキョロと辺りを見回す。

——よし、誰もいない。

念のため、再度確認をすると今度は右手首にある紅い数珠を見た。中心には、銀の鈴があり菖蒲の花が彫られている。

真司は一歩二歩と橋を渡る。すると、橋の名前である『あかしや橋』という文字は、視界が揺れるみたいにユラリと揺れあ〝や〟かし橋に変化した。

あたりは濃い霧に包まれ、先程までなかった大きな朱色の鳥居が目の前にスーッと現れた。真司はその鳥居をくぐり、先に進む。

次の瞬間、霧は一気に晴れ、周囲の景色は一変して猫が二足歩行で買い物をしたり、目がひとつしかない妖怪と河童が談笑したりしている光景が広がった。

真司が今いる場所は、妖怪だけの町、『あやかし商店街』だ。真司は、長い前髪で目を隠し、あやかし商店街の中を進む。いつもは路地裏を歩く真司だが、今回は珍しく商店街の表通りを歩いてみたかったのだ。

そう思えたのは、つい最近のことである。

五日前、いつものように菖蒲の家でまったりと過ごしていると、その日は珍しくいろいろな妖怪が菖蒲の家へと訪れていた。そして、訪れる妖怪たちは、必ず菖蒲にこう言うのだ。

『今年も、出す店はこれにしようと思ってます。よろしいですか？』

『今年は、こういった飾り付けをしようと思ってます』

相談に来る妖怪たちの話がよくわからないでいると、菖蒲が真司に説明してくれる。

『ほれ、もうすぐ大晦日やろ？　ここでは毎年、さまざまな出店が並び、商店街の飾り付けも派手にやるのじゃ。まぁ、大晦日のお祭りと考えておくれ』

真司は、大晦日にやるお祭りがどういう感じなのかなんとなく想像できた。なにせ、人間の世界でも、大晦日から正月三が日までは神社の境内にもさまざまな出店が建ち並ぶからだ。

菖蒲は真司を見てニコリと微笑むと『お前さんも、その日は表通りを歩くとええ。きっと楽しめるぞ』と、言った。

真司もお祭りは好きだ。だから、大晦日の今日だけは表通りを歩いてみようと思ったのだった。

「うわぁ！　すごいなぁ」

真司は、前髪越しに、あやかし商店街をぐるりと見回す。商店街の入口には提灯や門松、富士山が描かれたペナントなどが派手派手しく飾られていた。

すると、八百屋の店主である山童が声をかけてきた。

「およ？　お前さんは、菖蒲姐さんのところの真司やないか！」

「あ、山童さん。こんにちは」

真司が山童に挨拶をすると、山童は真司の背中を機嫌よく叩いた。

「いや〜、久しぶりやな〜！　なんや、最近見かけてない気がするわ〜、あはは！」

バシバシと背中を叩かれている真司は苦笑いをしながら「冬休みの宿題をやってい

たので……」と言った。しかし、妖怪である山童には『宿題』がなんなのかわからない。山童はポカンとした表情で真司を見る。

「しゅくだい？　なんや、ようわからんけど、お前も忙しかったみたいやなぁ。まぁええわ！　あはは！」

「あ、あはは……」

真司が苦笑していると魚屋の店主である木魚達磨がヌッと現れ、魚のような手で真司にあるものをおもむろに手渡した。

「あ、あの、これは……？」

真司は、中央に達磨の絵が描かれている白いビニール袋の中身を見た。中には発砲スチロールのトレーに入った魚がいくつも入っていた。しかも、その魚のサイズはかなり大きい。

「もっで帰れ。ごれ、棒だらいうべ」

「棒だら？」

コクリ、と木魚達磨は頷いた。すると、隣にいた山童も透明なビニール袋に入った野菜を真司に手渡した。

「ほれ、俺からもやらぁ。んじゃぁ、菖蒲姐さんによろしくな！」

「あ、ありがとうございます」

真司は、もらった袋を両手に抱え山童と木魚達磨に頭を下げ礼を言うと、商店街を歩きだす。後ろをチラリと振り返ると、ふたりが真司に向かって手を振っていた。それを見た真司は、気さくな妖怪たちにクスリと笑ったのだった。

——いい妖怪たちだなぁ。

この商店街を訪れるようになってから早二か月。

未だ妖怪には慣れないが、よく話す妖怪とは少しずつだが打ち解けてきていた。

それもこれも、すべてこの商店街の管理人である菖蒲のおかげだ。菖蒲は商店街の妖怪たちから尊敬され、お願い事や困り事の相談をされている。真司は、主にその手伝いと家の掃除をしている。

するとどこからか真司の名前を呼ぶ声が聞こえた。

「おーい、真司！」

「え？」

真司は振り返るが、そこには誰もいなかった。「おかしいなぁ？」と、首を傾げていると下から声が聞こえてきた。

「アホか。下や下！」

「下？　あ、勇さん」

真司は自分の足元を見ると、ちょこんと座った猫又の勇が真司を見上げていた。

勇は「よっ！」と言いながら右前足をあげると、スッと二足で立ち上がる。すると勇の胴体も伸びて身長が真司の膝くらいまで届く。しかし、それでも話しづらいので、真司は少し前に屈み勇と目を合わせた。

「勇さん、お久しぶりです」

「ほんまになぁ～」

勇とは清太郎との一件以来、全然会っていなかった。勇自身、この時期はかなり忙しいようで商店街に来ることもなかったのだ。

「んで、お前はこれから菖蒲様のところか？」

「はい」

「ほな、俺もついていくわ」

「菖蒲さんになにか用事ですか？」

真司がそう言った途端、勇は真司の足に猫パンチを思いきり食らわせた。

「アホか！」

「いたっ！」

さすが猫と言えるのか、勇の猫パンチは鼠を狩るときのように瞬発力があり、そして意外と力も強かった。

「今日は大晦日やぞ？　神酒ができたから届けに来たんや！」

勇は自分の背中に背負っているものを真司に見せる。紺色の風呂敷が背中に結ばれていた。どうやら、この中に酒瓶が入っているらしい。

「それが、前に言っていた神様に捧げるお酒ですか？」

「せや。名は『清桜《きよさくら》』ちゅーねん。初代から伝わる酒や！」

「へぇ～」

「ほな、行こかぁ」

こうして、ひとりと一匹は一緒に商店街を歩きだしたのだった。


さすが菖蒲、と言うべきだろうか？　真司は菖蒲の家に向かう道中で、さまざまな妖怪たちから声をかけられ、いろいろなものをもらっていた。

『あら。あんた、菖蒲様のところの。菖蒲様にはいろいろお世話になっているし、今日はめでたい日やからこれ、持っていきな』

『おーい！　そこの坊！　おめぇ、菖蒲様のところにいる坊やろう？　これ、菖蒲様に渡しといてくれ』

『あぁ、あんた。そこのあんた。菖蒲様のところに行くのかい？　それなら、これ持っていきなさい。お裾分けだよ。菖蒲様によろしくと伝えといてね』

という風に、真司の両手はあっという間に塞がった。

真司は、菖蒲がこの商店街の中で最も信頼され妖怪たちからも好かれているということがわかり、改めて菖蒲のすごさを実感した。

「いや～、モテモテやな！」

勇が自分のことのように得意気な声をあげる。

「菖蒲さんがね……」

「いやいや、真司もモテモテやと俺は思うぞ。それにしても、相変わらずこの時期になると、どこもかしこも祭りみたいやなぁ～」

「すごいですよね。提灯とか飾ってあるし」

「今日、明日はヤバいぐらい祭り騒ぎに――っ!!」

勇は、話している途中で急に立ち止まるとブワッと尻尾の毛を逆立てた。そして、なにかと立ち向かうかのように腰を屈めて身構える。

「な、なんや……ごっつう、嫌な予感がする！　来る！」

「え？」

真司は首を傾げ、勇が身構えている方向を見る。すると、真司たちの後ろからバタバタと走る音が聞こえてきた。

「ねーこーぉ！　いっさみ～」

声の主は風のようにやってきては、あっという間に勇に抱き付いた。

「にゃぎゃぁぁぁぁぁ!!」

真司は、あまりの素早さになにが起きたかわからず、何度も瞬きをする。

「お、お雪ちゃん……?」

お雪は勇をムギュムギュとしながら、つぶらな瞳で真司を見る。すると「あ!」と声をあげた。どうやら、真司がいることにようやく気づいたらしい。

「真司お兄ちゃん!」

「にゃ……だ、だずげ……ぐるじぃ……ガク……」

勇がお雪の腕の中で力無く崩れると、今度は遠くの方からこちらに向かってお雪を呼んでいる声が聞こえてきた。

「雪芽~!」

「あの声は、白雪さん?」

白雪が、商店街の人混み……もとい、妖怪混みから小走りでやってきた。

「はぁ……はぁ。き、急に走っていくから、何事かと……もう」

「白雪さん、大丈夫ですか?」

膝に手をつき息を整えていた白雪は、名前を呼ばれ顔をあげる。

「……あら? 真司さん、こんにちは」

「あ、こんにちは。じゃなくて、大丈夫ですか? すごく顔が青いですけど」

「えぇ、なんとか……。運動は少々苦手でして……って、雪芽!?　その腕の中で気絶しているの、勇さんじゃ!?」

「そだよ～♪」

するとと、白雪の顔はさらに真っ青になり、慌ててお雪から勇を取り上げた。

「もうっ！　あれほど、強く抱き締めちゃだめって言ったでしょう！　あぁっ、勇さん!?　生きていますか!?」

白雪は、勇を抱き上げ揺さぶり起こすと、勇はピクリと動き朦朧《もうろう》とした意識の中で白雪を見る。しかし、白雪は勇が目を覚ましたことに気づかず、名前を呼びながらさらに強く揺さぶっていた。

「う、うぷ……よ、酔うから……や、やめて……」

「え？　あ！　す、すみません！」

勇が目を覚ましたことにようやく気づくと、白雪は慌ててパッと手を離す。勇が「ぎにゃ！」と、声を上げながら顔面から落ちたことに白雪は取り乱し、勇を再び抱き上げた。

「も、もう許して……下ろしてくれぇ……」

勇の必死の訴えに白雪は冷静を取り戻すと、そっと地面に下ろした。

「本当に、すみません……」

「いや、ええんや。……それにしても、なんちゅう恐ろしい姉妹や……とりあえず、酒が無事でよかったわ……」

勇は涙目になりながらもボソリと小さく呟いた。

――確かに似ているし、姉妹っていうのも頷けるかも。

それが聞こえていた真司は内心そう思い、お雪と一緒におかしそうに笑った。

「おい！　なに、笑ってるねん！　こっちは大変なんやぞ！」

「あ、ごめんなさい」

「えへへ～♪」

一応謝るが、それでもどこかおかしく、笑いが止まらない真司とお雪だった。


白雪とお雪も菖蒲の家に向かうことになり、抱えていた荷物をふたりが持ってくれたので、真司の手元はすっかり楽になった。

「それで、白雪さんたちは商店街になにか用事だったんですか？」

白雪に問うと、白雪は微笑んだ。

「はい。今晩と明日用の食材を」

「あ、もしかして買い物の途中だったとかですか？」

先程まで手ぶらだった白雪とお雪を見て、買い物の途中だと真司は思ったが、白雪は首を横に振ると「いいえ」と言った。

「お買い物は終わりました」

「え、でも荷物は……？」

「あまりにも量が多いので、宅配をしてもらったんです」

「へぇ、宅配なんてできるんですね」

宅配を頼むということは、それなりの量と重さだということだ。内心驚いていると、真司はなぜそんなに量が多いのか、いったいなにに使うのか疑問に思い、それを白雪に聞いた。

「あの、なんでそんなに量が多いんですか？」

「『百鬼夜行《ひゃっきやこう》』が行われますから、ふふっ」

「えっ!? ひ、百鬼夜行!?」

真司は突拍子もない台詞にびっくりする。その声が大きすぎたのか、勇とお雪は一瞬ビクッと肩をあげた。

すると、勇が歩きながら真司の足に猫パンチを一発お見舞いした。

「急にでかい声出すなや。ビビったやんけ」

「す、すみません……」

真司は勇に謝ると、勇が腕を組みながら「つか、そんな驚くことか？」と言った。

「そりゃぁ、驚きますよ。だ、だって、百鬼夜行って本でもよくありますし……妖怪の群れのことですよね？　まさか、それが行われるなんて……」

するると、白雪が頬に手を当て「ふふっ」と笑った。

「そんなに驚かれるなんて……なんだか新鮮だわぁ」

「だね～♪」

楽しそうに微笑む白雪に、お雪も同時に頷く。

「でも、そんな大層なことはしませんよ。百鬼夜行という名のお祭り騒ぎを毎年するだけです、ふふっ」

「ま、毎年ですか……」

「一年の最後を迎えますから、やはり、皆集まって年を越したいということですね。人間で言うなら、忘年会と新年会でしょうか？」

とてもわかりやすい例えに真司は「あぁ～」と頷いた。すると、お雪が真司の袖をクイクイッと引っ張った。

「あのね、あのねー、ご飯もすっご～く豪華なんだよ！」

「皆で作りますから、和洋折衷《わようせっちゅう》が入り混じってしまうんです」

「そうなんですか」

真司は、百鬼夜行は、深夜に妖怪の群れが道を徘徊《はいかい》することだと思っていたが、あやかし商店街の百鬼夜行とは年の最後にやるどんちゃん騒ぎの忘年会だという。真司はその百鬼夜行に興味を抱いた。

　ここの商店街の妖怪たちは、いつも明るく、楽しそうに笑っている。きっと、百鬼夜行はいつも以上に笑える、明るいものなのだろう。

「真司さんも、もちろん参加なさいますよね？」

「え⁉」

　当然のように白雪に言われ驚く真司。しかし、真司は妖怪でもないただの人間だ。妖怪だけの百鬼夜行に参加していいのかと思い、ためらった。

「あの……でも、僕は人間ですし——」

「かんけいなーい！」

「せやせや。真司はもう、この商店街の仲間や！」

　真司の言葉を遮り、お雪と勇も真司の参加を歓迎している。すると、白雪が微笑みながら頷いた。

「はい。そのとおりです」

「………」

　今まで誰かに『仲間』だと言われたことがなかったので、真司はどんな反応をしたらいいかわからなかった。けれど、その反面、なんだか認めてもらえたみたいで少し嬉しく思った。その気持ちは段々と照れくさいものへと変わり、真司は頬を掻いた。

「お？　なんや、なんや。照れとるんか？」

「なっ!?　ち、違……わなくはないですけど……」

「ふふふっ」

「真司お兄ちゃん、かわいー♪」

図星を突かれ、耳がほんのりと赤くなる。真司は思わず俯き、長い前髪に触れる。

この仕草も、真司の照れ隠しのひとつだ。

「菖蒲様もきっと同じことを言うと思いますよ？　参加しないかって。ふふふ」

「言うやろなぁ～。なにせ、菖蒲様のお気に入りやからなぁ」

『お気に入り』という言葉に、真司は「えぇっ!?」と言いながらうろたえる。

「おっ気に入り♪　おっ気に入り♪」

お雪と勇が歌うように言うと、真司は慌ててそれを否定した。

「そ、そんなことないですよ！」

「あらあら、うふふ」

顔を赤くしながら、まだ「おっ気に入り！」と言っているお雪と勇に真司は「そんなことないですってば！」と言い続けた。

そんな真司たちを見て、白雪は楽しげに笑ったのだった。

真司たちは荷物を携《たずさ》えて、菖蒲の家へと辿り着いた。

家に着くと裏口へ回り、玄関の戸を開く。すると、たすきがけをし、珍しく髪をポニーテールにしている菖蒲がハタキを持って出迎えてくれた。

「おやおや。これは大人数でのお帰りやのぉ。おかえりんしゃい。にしても、お前さんたち……その荷物はどうしたんじゃ？　えらく多いのぉ」

「あ、これは――」

真司が、商店街の表通りで妖怪たちにいろいろもらったことを説明すると、菖蒲は苦笑いをしながら「やれやれ」と呟いた。

「ここの者たちも困ったものじゃ。気持ちは嬉しいが、さすがにその量はのぉ。まぁ、今日はめでたい日でもあるから、仕方あらへんね」

「これだけあれば、今年はかなりの量のお弁当が作れますね、菖蒲様」

「そうやね。さて、と。掃除も終わったし、仕度をするかの」

「はーい♪」

お雪は元気よく返事をすると、真司もなにか手伝いたいと思い「僕にもなにかできることはありますか？」と、菖蒲に聞いた。

真司がそう言うと、菖蒲はニコリと微笑んだ。そして、少しドヤ顔で真司に言った。

「もちろんやとも。お前さんにも手伝ってもらうえ？　なにせ、今宵は百鬼夜行が行われるからねぇ」

「はい、わかりました」

「…………」

菖蒲は呆気に取られたような顔で真司を見る。真司は、なぜ、菖蒲がそんな顔をしているのかわからず首を傾げた。

「あの……？　菖蒲さん？」

「なんや、お前さん。百鬼夜行と聞いて驚かんのかえ？」

「え？　……あ」

――そういうことか。

菖蒲のその表情の理由に気づき、内心、「なるほど」と思いながら頷く。

「実は、さっき白雪さんから百鬼夜行が行われることを聞いたんですよ」

真司がそう言った途端、菖蒲が拗ねた感じで頬を膨らませる。その表情を見て、真司は思わず笑いそうになった。

「なんや、つまらんのぉ。……おもしろみがない」

「あらあら、ふふふっ」

「して。お前さんも参加するやろ？」

白雪の言ったとおり、菖蒲は真司の参加を求めてきたので、真司の頬は知らずうちに少し上がっていた。

　そして、白雪を横目で見る。白雪も真司を見ていたのか、お互いに目が合った。

「ふふふっ」

「ね、だから、言ったでしょう？」と言うように、真司に向かってニコリと微笑みかける白雪。そのふたりの様子に、またもや、菖蒲がプクーッと頬を膨らませた。

「なんじゃ、なんじゃ？　ふたりだけで……」

「やきもちー♪　もっちもち～♪」

「ぷぷーっ！　こんな菖蒲様が見れるとはなぁ～」

「なっ！　むぅ……」

　お雪や勇にまでからかわれて、さらに頬を膨らませる菖蒲。真司は、その頬を思わずツン……と、つつきたくなった。

「菖蒲さん」

「なんじゃ？　お前さんも、おかしく思うのかえ？　ふんっ！」

　顔を背け拗ねている菖蒲に対し、真司は笑みを浮かべると、百鬼夜行の参加についての返事を菖蒲にする。

「僕も、百鬼夜行に参加します」

　こうして、真司も妖怪の忘年会である百鬼夜行に参加することとなった。

先程まで拗ねていた菖蒲は、真司の方を向き直るとニヤリと含みのある微笑みを向ける。

「そうか。ふふっ、夜が待ち遠しいねぇ」

「あ、でも、それってどこで行われるんですか?」

真司の質問に菖蒲は「うむ」と、小さく呟くとまたニヤリと笑った。

「そうか、そこまでは白雪は言っとらんのか、ふふっ。実はの、百鬼夜行は現世で毎年行われとる」

「え!? 現世って、人間の世界ってことですか!?」

「うむ。……ほれ、あかしや橋を渡りきったところに梅の木が植えられている公園があるじゃろ? そこでやっとるんよ」

まさか人間の世界で行われているとは思わず、真司は口をあんぐりと開け驚いていた。すると白雪が、真司の肩をポンと叩くと誰もが疑問に思うことに先回りして説明した。

「安心してください。菖蒲様のお力で、決して人間の目にはとまらないようにしていますので」

「そ、そうなんですか……」

お風呂での結界といい、商店街の妖怪たちが菖蒲のことを敬っている姿を見ると、菖蒲は想像を絶する力を持っていることが真司にもわかる。真司が心なしか納得すると、菖蒲はこの話を終わらせるように両手を合わせ「さて、そろそろ弁当の準備に取りかかるえ」と、言った。

その声を合図に、皆で百鬼夜行に向けて支度に取りかかった。

勇はというと、完成したお酒を菖蒲に届けたあと「俺も、自分んとこでいろいろやらなあかんから、また今夜会おうや！　んじゃな～」と言いながら、颯爽と帰って行ったのだった。

残った四人はそれぞれ味付けをしたり、味見をしたり、料理を重箱に盛り付けたりしている。

「ふむ。味はこんなもんかの。真司、おいしいかえ？」

「おいしいです！」

菖蒲が作った豚の角煮を味見する真司。豚肉は柔らかく、口の中でホロホロと崩れていき、大根とこんにゃくは豚肉の旨味が染み渡っていた。

真司が『おいしい』と言ったのが嬉しかったのか、菖蒲は嬉しそうな顔で微笑んだ。

「ふふっ。なら、これは完成やね」

「菖蒲様、こちらの盛り付けはこんな感じでよろしいでしょうか？」

「ふむ、そうじゃな。あぁ、たしかこの棚にバランがあったの。白雪、これも使うとええ」

「はい」

菖蒲は食器棚の引き出しから、お弁当に使う緑色のバランを見つけると、それを白雪に手渡した。

そして、菖蒲は角煮を盛り付けながら真司とお雪に他の料理の指示を出す。

「真司、今炊いている鍋に砂糖と醤油を入れてくれるかえ？　味はお前さん好みで任せるよ。お雪、そこの皿を片付けておくれ」

「わかりました」

「はーい！」

そんなこんなで、あっという間に空は暗くなってきていた。正月料理もそうだが、作るのに意外と時間がかかるものだ。

――ゴーン　ゴーン　ゴーン。

と、居間にある掛け時計が八回鳴り、夜の八時を知らせた。

「ん？　おや。もう、そんな時間かえ？」

「だいぶ作りましたね。……それにしても、この量はすごいです」

真司は完成し、テーブルに並べられたお弁当を見る。五段の重箱は紫色の風呂敷に包まれ、その数はなんと十個もあった。

「そうですか？　例年どおりですよね、菖蒲様」

「ふむ。まぁ、確かに今年はちと多い方かもしれんが、おおむねいつもどおりやね」

これだけの量を毎年作っている事実に真司は言葉を失う。百鬼夜行が行われる以上、この量は仕方がないと思うが、これを四人で運ぶのは絶対に無理だ。

「あの……これ、どうやって持っていくんですか？　四人だと無理ですよね？」

真司が尋ねると菖蒲は笑みを浮かべ「問題ない」と、言う。その言葉に近くにいた白雪もお雪も頷く。真司はなにが問題ないのかわからず首を傾げていると、チリリンと表玄関の扉が開く音が聞こえた。

「お邪魔します！」

「……失礼するよ」

扉が開いたかと思うと、次々と老若男女の声が聞こえてくる。

彼らが足音を鳴らし、こちらに向かってくるのがわかる。足音からにすると、かなりの人数が押し寄せてきたのだとわかった。

「え？　ええっ!?」

真司は、何事かと思いその場で慌てふためく。

「落ち着きんしゃい」

そんな真司を落ち着かせるために、菖蒲が真司の肩を叩く。

彼らが、ついに台所までやってきた。真司は、立ちつくしながら目の前の光景を見ていた。いや、見ていることしかできなかったのだ。

真司の目の前で、海坊主や大天狗、山姥《やまんば》に天邪鬼《あまのじゃく》といった、少々大きい妖怪が重箱を持ち去ったのだ。突然現れたかと思うと、あっという間に妖怪たちは菖蒲の家からいなくなった。

「あ、あの……」

真司がようやく口を開く。

「ふむ。お前さんの言いたいことはわかっとるよ。あやつらは、百鬼夜行の会場まで弁当を持って行ってくれる妖怪たちじゃ」

「は、はぁ……」

曖昧な返事をする真司に、菖蒲は「ふふっ」と笑った。

「親切なやつらじゃろ? 毎年あぁやって持って行ってくれるんよ。さて、と。まだ時間もあるし……真司や、少しは商店街の祭りも楽しんだらどうじゃ?」

微笑みながら言う菖蒲に、真司は白雪たちと通って来た商店街を思い出す。

商店街の中は普段やっているお店は一部閉店し、その代わりにそのお店の前に出店を出している。子供向けの綿菓子屋、ベビーカステラ屋の他にも、たこ焼き屋や遊べて景品をもらえる輪投げ屋までさまざまな出店があった。

おそらく、まだまだいろんな出店が並んでいるだろう。しかし、真司はひとりで商店街のさらに奥まで見に行くのに少しためらいがあった。

——菖蒲さんの家までなら、ひとりでも来られたけど、どうしよう……。

すると、白雪が真司が悩んでいるのを察したのか、微笑みながら「真司さん。私と一緒に行きませんか？」と、言った。

「私も雪芽もさっきは買い物がメインだったので、実はまだ回れてないんです。ね、雪芽？」

「うん！」

お雪は真司の手を握ると花のような笑みを浮かべ「一緒に行こう！」と、言った。

白雪とお雪に背中を押され、悩んでいた真司の気持ちが決まった。それは菖蒲にもわかったようで、菖蒲は「決まりやね」と言うと、真司にひとつだけ忠告をした。

「真司、百鬼夜行は亥《い》の正刻……数字で言えば十時に始まる。それまでには橋の前に来るんやえ」

「わかりました」

「うむ。気をつけて行ってきんしゃい」

真司は「はい」と返事をすると、白雪はたすきがけしていた着物の袖を解き、菖蒲に小さく頭を下げた。

「では、菖蒲様。行ってまいります」

「いってきまーす！」

真司も居間にかけていた上着を羽織ると、「菖蒲さん、行ってきます」と言って、白雪とお雪と共に商店街へと向かったのだった。


外はすっかり日も落ちて、提灯には狐火《きつねび》と鬼火が灯されていた。昼間よりも妖怪たちで賑わい、正にお祭りのようだった。

「うわ～！　暗くなるとさらにすごいですね！」

真司は辺りをもの珍しそうにキョロキョロと見回す。

お祭り自体は特に珍しいものではない。人間の世界にも夏になれば、花火大会や盆踊りといったお祭りだってある。しかし、今日は大晦日でここは妖怪の町だ。人間の世界と変わらないお祭りだとわかっていても、つい、いろいろともの珍しそうに見えてしまうのだ。子供みたいにはしゃいでしまうのも仕方がない。

「あ、古本屋まであるんですね！　こっちは、揚げ物屋かぁ。チーズドックって、たしか、今流行ってるんだよね。へぇ～」

真司は歩きながらいろいろある出店を見て回る。白雪とお雪は、すぐそばにある飴屋を見ていた。

そこで真司は、ふと、小物屋に目が行った。

――あ……これ……。

真司は小物屋に売られている簪《かんざし》にそっと触れた。その簪は、ガラスのように透明な大輪の花の簪だった。花の先だけはほんのりと淡い蒼色をしている。

真司は、その簪をジッと見る。

――菖蒲さんに似合いそうだな……。

思っていることが口に出ていたのだろうか？　横から白雪がひょこっと顔を出し微笑むと「その簪、菖蒲様にとても似合いそうですね」と、言ったのだった。

「し、白雪さん!?　僕……もしかして、口に出していましたか……？」

「え？　……あぁ。うふふふ」

最初、白雪は首を傾げたが、真司の言っていることがわかるとクスクスと笑い始めた。

「うふふっ。大丈夫ですよ、真司さん。口には出ていません。それより、その簪の花は月下美人《げっかびじん》ですね」

「月下美人ですか？」

聞いたことのない花の名前に真司は白雪に聞き返す。白雪は「はい」と言うと、月下美人について簡単に説明をした。

「月下美人とは、年に数回……それも、一夜限り咲く花のことです。日本では六月から十一月に咲きますね。もとは、異国のお花らしいですよ」

「へぇ～」

――菖蒲さんと一緒で、白雪さんも物知りだなぁ。博識っていうのかな？

白雪は微笑みながら、月下美人の簪を見ている真司にそっと耳打ちをする。

「菖蒲様に買ってあげたら、きっと喜びますよ？」

「……っ!!」

「ふふっ。それでは、私と雪芽はあのお店にいますから、真司さんはゆっくり悩んでくださいね」

そう言って、白雪は向かいの三つ隣の出店へと向かった。

「………」

再び、簪をジッと見つめる真司。この簪をどうするかなんて真司の中ではすでに決まっていた。

小物屋の店主も、なんだか微笑ましそうに真司のことを見ている。

そして、決意した真司は、財布をポケットから取り出したのだった。

──時刻は、そろそろ亥の正刻になる。

百鬼夜行が始まる時間がきたので、真司たちは、あやかし橋へと向かっていた。

橋の前まで来ると、想像以上の妖怪の数に真司は思わず圧倒されてしまう。

「……わぁ」

「ふふっ、驚きましたか？」

「は、はい！　こんなにたくさんの妖怪がいたんですね」

ゆうに百は超えるだろう数の妖怪がいる。出店を開いていた者たちも、次々集まっているようだ。

真司はこの商店街にこんなにも妖怪がいたとは思えず疑問を口にすると、この日のためにわざわざ地方からやってきた妖怪もいるのだと白雪が教えてくれた。

「さぁ、私たちも行きましょう」

「行こう行こーう！」

白雪とお雪はそう言うと、最前列へと歩き始めた。

「え!?　あの、一番前に行くんですか!?」

「はい。一番前に、菖蒲様がいるんですよ」

さも当たり前のように歩みを進める白雪たち。真司は妖怪からの視線が気になり、俯き加減で慌ててふたりのあとを追った。

あやかし商店街の住人なら真司のことは知っているが、地方から来た妖怪となると話は別だ。中には、真司を横目に見ながらヒソヒソと話す妖怪もいた。

「ねぇ、あの子誰？」

「新人か？」

「おい！　あれ、人間じゃねーか!?」

「ちょっと、声が大きいよ！　ほら、噂が流れていただろう？　菖蒲様の……」

「あの子が、菖蒲様の――」

『この中で人間なのは自分だけ』と、改めて実感すると、真司はいたたまれなくなった。ヒソヒソと話す声と視線が気になり、自然と歩く姿も猫背になる。

真司は妖怪たちと目が合わないように顔を伏せた。

――前髪が長くてよかった……。

掛け軸の一件から、菖蒲は真司に『もう前髪を伸ばす必要はない』『目を隠す必要はない』と、言ってくれた。しかし、どうも実際に切るとなると躊躇《ちゅうちょ》してしまうのだ。それは、まだ自分に自信がなく、妖怪を心から信頼していないからなのかもしれない。

――いつか、本当に前髪を切るときが来るのかな……？

ふと、そう思った。そして、想像してみた。前髪を切り、目をさらけ出し、菖蒲みたいにいろいろな妖怪たちと楽しそうに話す自分の姿を。それがいつになるのかわからない。もしかしたら、五年後、十年後なのかもしれない。

けれど、真司は思った。

——いつになるかわからないけど……そんな日が来たらいいな。

そんなことを思っていると、あっという間に最前列へと辿り着いた。

そして、先頭にはいつもと雰囲気が違う菖蒲が立っていた。

「菖蒲様、お待たせしました」

白雪がひと声かけると、菖蒲は振り向き微笑んだ。

「おぉ、来たか。待っておったぞ」

真司は、菖蒲のいつもと違う雰囲気とその姿に、つい見惚れてしまっていた。

菖蒲は光沢と地模様の入った生地、そして、黒色地に黄緑、赤、紫、白、辛子《からし》色の縞にレトロな大輪菊模様の着物を着ている。帯は、黒、黄色、赤、紫、ゴールド色の波模様にラメ糸を使用し、花流結びをしており、とてもきらびやかだった。

いつも下ろしている長い髪は、今日は珍しくひとつにまとめて結いあげられていた。サイドは編み込みをしているので、髪になにも挿していなくてもかわいらしく見える。

「真司、どうした？　ボーッとしおってからに」

真司はハッと我に返る。

「い、いえ！　あの……い、いつもと雰囲気が違うので……そのっ」

真司は動揺を隠すために長い前髪を弄りながら言った。耳は少し赤くなっている。

菖蒲は袖口を口元に当て、クスクスと笑った。

「そんなに違うかえ？　ふふふっ……さて、百鬼夜行を始めるとしようかの」

その言葉に続き、後ろに並ぶ妖怪たちは「おー！」と、一斉に声を出し拳《こぶし》を高々とあげた。

真司は、これから夢物語みたいな百鬼夜行が始まると思うと心なしか鳥肌が立ち、気持ちが高揚した。

そして、菖蒲が橋を渡ると、それに続いて真司や後ろにいる大勢の妖怪たちも前進したのだった。

周りを見渡すと、大きな旗を振って歩く大柄な妖怪や小太鼓を叩く妖怪、その太鼓に合わせて笛を吹く妖怪や提灯を持ち足元を照らす妖怪などがいる。そして、その最前列には堂々とした姿で歩く菖蒲がいる。

真司の体は興奮のあまりぶるりと身震いした。

――これが、百鬼夜行なんだ……！

菖蒲たちと真司、後ろにいる百鬼夜行の妖怪たちは橋を渡ると鳥居の中をくぐり、現世にやってきた。

妖怪たち一行は、あかしや橋を渡ったところにある荒山公園へと向かう。道の反対にある神社には、大晦日なだけあってたくさんの参拝客が詰めかけていた。

そんな中、参拝者の横を普通に通り過ぎる真司と妖怪たち。真司は先頭を歩く菖蒲に、とある疑問を聞いてみた。

「あの、僕たちのことは、本当に人間には見えていないんですか？」

「うむ。私が結界を張っておるからの。まぁ、化かそうと思わん限り姿は見えんが、お前さんみたいな例外な人間も稀にいるからの。見えないよう念には念を入れて結界を張ってあるのじゃ」

化かそうとしない限り人には見えなくても、これだけの数の妖怪を結界で見えなくしているのだ。真司はまたしても菖蒲のすごさを実感した。

荒山公園に着くと妖怪たちはそれぞれ地面にシートを敷き、そこに座ると、持ってきたお酒や重箱を広げ宴会の用意を始めた。辺りは暗いはずなのに、提灯お化けや他の妖怪が持っていた提灯のおかげで夜でも周囲はかなり明るくなっていた。

菖蒲は全員座るのを確認すると、高々と声をあげる。

「さぁ！　皆、今宵は盛大に楽しむぞ！」

「おー!!」

妖怪たちの指揮を執る菖蒲。その姿は、正に妖怪たちの総大将に見えた。

菖蒲は妖怪たちのかけ声に満足気な表情をすると、傍らに座っている女の子に「小《こ》梅《うめ》、今年も頼んだえ」と言った。

「はいな。お任せを」

小梅と呼ばれた女の子の妖怪がすっと立ち上がる。

肩までの髪に枝垂《しだ》れ梅の髪飾りを挿し、梅柄が刺繍されている着物姿の彼女は、まるで、日本人形のようにかわいらしかった。

小梅は、鈴のような声で短い詩を歌いだした。

「年のはに、春の来らばかくしこそ、梅をかざして楽しく飲まめ」

歌いながら踊り舞うその姿は、つい、見惚れてしまうものがあった。伸ばされた指は扇子を持っているように見え、その所作はどこまでも美しい。小梅の舞に妖怪たちも見惚れている。

すると、不思議なことが起こった。葉もついていない梅の木に花が次々と咲き始めたのだ。

真司は美しい舞を披露する小梅と、突然咲き始めた梅の花に驚愕する。菖蒲は、そんな真司を見てクスクスと笑った。

「美しかろう？　小梅はの、見てのとおり梅の妖怪じゃ。梅の精霊と言うた方がええかの」

「梅の精霊ですか？」

「ああ、この時期に梅はまだ早いが、小梅の力で一時的に咲かせておるのじゃ」

舞う小梅を見ながら菖蒲は真司に言った。真司は梅の花と、こちらに気づかず神社に向かっている参拝者を見る。

「人間には、これも見えていないんですよね……？」

「うむ。他の者からは特に変わらない……つまり、梅の花も咲いておらず私たちも誰もいない静かな夜の公園に見えておる。見えてしまったら、今頃は大騒ぎやからね」

真司はこの景色が「もし人間に見えていたら」と想像する。中には、スマートフォンで動画や写真を撮り、それをＳＮＳに載せる者もいるかもしれない。一度ネットにあがると、もしかしたら一気に拡散するかもしれない。そうなればきっと、大パニックになるだろう。

「……菖蒲さんって、すごいですよね」

それは自然と出た言葉だった。菖蒲はクスリと笑うと「なんじゃ、急に」と言った。

「だって、こんなに大勢の妖怪や僕の姿までも、他の人から見えないようにすることができるんですよ。大きな力を感じるというか……なんだか、菖蒲さんは他の妖怪たちとは、やっぱりどこか違うような気がします」

菖蒲は、袖口を口元に当て笑う。

「私の正体が知りたいかえ？」

「うっ……」

菖蒲は、流し目気味に真司を見て問いかける。

今夜の菖蒲は姿も、その雰囲気もいつもと違うので、真司は初めて菖蒲に出会ったときのような気分になっていた。笑う仕草もいつもと変わらないのに、不思議と見惚れてしまいそうになる。

真司は気恥ずかしくなったのと、図星を突かれたので、思わず俯いてしまった。

「ふふふ、その反応やと、やはり知りたいようじゃな。しかし……それは秘密じゃ」

人差し指を口元に当て微笑む菖蒲。

「そうじゃの〜……。お主のその耳と目でいろいろな妖怪たちと交流し、私の情報を得て知ればよい」

「……え？　それじゃあ、すぐにわかるんじゃ？　白雪さんたちに聞いたら――」

真司の言葉を遮り、チッチッチッと菖蒲は口を鳴らし首を横に振る。

「そんな簡単に、ここの者は教えてはくれんよ？　ふふっ」

「えー……」

――菖蒲さん、意地悪だ……。

「まぁ、自分から聞くまでもなく、自ずとそのときが来るやろうて。もしかしたら、すぐ訪れるかもしれんな。なんにせよ、私から答えを言う前に〝縁〟がお前さんを導く。……さぁ、話はここまでじゃ。お前さんも存分と宴を楽しみんしゃい」

そう言うと菖蒲は立ち上がり、妖怪たちひとりひとりに挨拶をしにいった。

真司は咲き誇る梅を見上げ、お酒ではなくオレンジジュースを片手に持つと、小さく息を吐く。

──菖蒲さんの正体かぁ。縁が導くってどういうことだろう？　それに今まで以上に妖怪たちと交流なんて……。

「僕に、できるかな……？」

「なにがですか？」

「うわっ!?　し、白雪さん！　はぁ……びっくりしたぁ」

突然、ひょっこりと真司の後ろから顔を出した白雪に真司は驚く。その相手が白雪だとわかると、真司は胸を押さえホッと安堵の息を吐いた。

「ふふっ、ごめんなさい。驚かせるつもりじゃなかったのですが。……それで、なにが真司さんにできるかな、なんですか？」

「え？　あぁ、その……」

真司は先程の菖蒲との会話を白雪に話す。すると、白雪はうんうんと頷きながら聞いてくれた。

「なるほど、それでですか」

「確かに、以前よりかはいろいろな妖怪と話ができるようにはなりましたけど……そのぉ……」

「まだ、怖いですか？」

「………」

真司は目線を白雪から逸らし、黙ったまま小さく頷いた。

「ふふっ。怖いものは仕方ありません。だって、真司さんは人間なのですから」

「怖い妖怪だけじゃないって、わかってはいるんですが……。あ、そういえば、白雪さんも菖蒲さんの正体を知っているんですよね？」

白雪はニコリと微笑み「えぇ。もちろんですよ」と言うと、楽しそうな顔で飲んで食べている妖怪たちを見渡しながら話を続けた。

「商店街にいる方は皆知っていますし、菖蒲様に助けられていますから」

「………」

「知りたいですか？」

覗き込むように真司と目を合わす白雪。真司はなんとなく気まずい気持ちになり、また目を逸らした。

「そりゃぁ、まぁ……」

「ふふふっ。なら、菖蒲様が言ったとおりのことを実行しないといけないですね」

「うぅ……」

――白雪さんも意地悪だ……。

真司がそう思った瞬間、周りの妖怪たちが一点を見つめ怯えるようにざわつき始めた。真司は妖怪たちのどよめきが気になり、見に行こうとその場で立ち上がると「やめんか!!」と、菖蒲がなにかに対して拒む声が聞こえてきた。

真司は慌てて菖蒲のところへと駆け寄る。

「遅いから来ちゃった♪　ほらほら、菖蒲ちゃん。早く行くわよ♪」

「待ちくたびれてしまったぞ」

真司は目の前の光景にどう反応したらいいのかわからず、その場で立ちつくした。

菖蒲の右側には、華やかな唐服《とうふく》に簪を挿している妖艶な姿をした女性が、菖蒲の脇を抱えるように抱き付いている。反対の左側には、腰に刀を差し黒い鎧《よろい》を着た長身の男が菖蒲の腕を掴んでいた。

「ええい、離さんか！　あとで行くと言っているじゃろうが！」

菖蒲はそんなふたりから逃れるように抵抗するが、ふたりにがっちりと腕を掴まれているため逃れることができなかった。すると、妖艶な女性が反対側の腕を掴んでいる男と目を合わせると、お互いに頷き合い、そのまま引きずるように空を飛び、菖蒲をどこかへ連れ去ってしまったのだ。

「あ、菖蒲さん!?」

真司の声は届かず、菖蒲は「わー!!」という悲鳴だけを残し、あっという間に消えてしまった。

真司はなにが起こったのかわからず愕然としていると、誰かが真司の肩をポンと叩いた。叩かれた衝撃でハッと我に返り振り返る。

「白雪さん!」

真司の肩を叩いたのは白雪だった。真司は白雪に詰め寄り、菖蒲が知らない誰かに連れ去られたことを話す。

「し、白雪さん! 菖蒲さんが誰かに、誰かに連れ去られて——」

「真司さん、落ち着いてください」

まるでお雪にするように、慌てる真司の頭を優しく撫でる白雪。真司は頭を撫でられ、パニックになっていた頭がすぐに冷静になった。

「あ、えっと……」

「ふふっ」

撫でられることが恥ずかしく、俯く真司に白雪は微笑むと「菖蒲様なら大丈夫ですよ」と、優しい声音で声を掛けた。

「でも、気になるのでしたら、あそこに行ってみてはどうですか？」

「え？」

真司は顔をあげ白雪と目を合わせる。白雪は色白な手をあげ、ある方向を指した。

真司は白雪が指す方向をジッと見る。

「あの方向って、多治速比売神社ですよね？　でも、あの神社と菖蒲さんになにか関係が？」

「さぁ？　それは、実際に行って確かめてください。では……」

そう言うと白雪は、すっかり元の空気に戻り宴会を楽しんでいる妖怪たちの輪の中へと入っていった。真司は、他にも詳しいことを知っていそうな白雪の背を見送ると、彼女が指した方向を再び見る。

そして真司は、ふと思い出した。それは以前に会った多治速比売神社の神様のことだった。

――あの人も、菖蒲さんのことを知ってたよね。

真司は神様に会いにいこうと、すぐ決断した。菖蒲の正体についての関心事と、なによりも連れ去られた菖蒲のことが気になっていたからだ。

「……よし！」

真司は、そっと百鬼夜行から抜け出した。

荒山公園から出ると結界の外に出たのか、百鬼夜行の宴は真司にも見えなくなっていた。

「本当に見えない……」

しかし、真司にはどこに結界が張られているか、宴はどこでやっているのかがすぐにわかった。

「あそこになにか変な歪みがある、よね？　……たぶん、あれが結界の入り口ってことなのかな」

——とりあえず、戻り方がわかってよかった……。

ひと安心する真司は、参拝客と一緒に神社へと歩き始めたのだった。

その頃、白雪は妖怪と話をしつつも、真司が百鬼夜行を抜け出し神社へと向かうのを密かに見守っていた。すると、突然、お雪が後ろから飛び込むように白雪に抱き付いた。

「白雪お姉ちゃん見っけー♪」

「あらあら、ふふっ」

「もーう、すごく探したんだからね～」

ぷくーと頬を膨らませるお雪に、白雪は苦笑する。

「ごめんね。ちょっと、真司さんのことが気になったから」

「真司お兄ちゃんのこと？」

「えぇ。真司さんも私たちとだいぶ打ち解けてきたでしょう？　菖蒲様のことも気になっていたようだから、これもいい機会だと思って少し助言してみたの」

真司が消えた方向を見つめながら話す白雪。だが、お雪には白雪の言っていることがいまいちわからず「そうなの？」と、首を傾げる。

「えぇ、そうよ。それにね、菖蒲様が言うには、すでに真司さんの縁は私たちと結ばれているから、遠からず正体がバレるだろうって」

「ふ〜ん」

曖昧な返事をするお雪は、白雪の服の袖をクイクイッと引っ張ると、あることを白雪に聞いた。

「ねぇねぇ。真司お兄ちゃんは、あの神様に会うかな？」

お雪の質問に白雪は人さし指を顎に当て「そうねぇ……」と、呟きながら考える。

「もしかしたら、私たちの知らないところで、もうずっと前に会っているかもしれないわよ？　だって、あのお方のことだもの」

白雪がそう言うと、お雪は「だね〜」と、言いながらおかしそうに笑った。白雪も、〝神様〟のことを思い出し、お雪と一緒に笑う。

妖怪としての種族は違っても、笑い合うその姿は、まるで本当の家族のように見えたのだった。

＊＊＊

真司は、多治速比売神社へと来ていた。荒山公園からは三～五分で着く距離だ。

「うわ……すごい人」

拝殿の前には、長い行列ができている。列は参道の先まで並び、最後尾は見えないくらいだった。

神社には出店もいくつかあり、出店の前やおみくじの前にも人が大勢並んでいる。それに加え、行き来する人々に真司は気圧《けお》されていた。

「うっ、この中から菖蒲さんを探すことできるかな……？」

真司は脇門で立ち止まり、キョロキョロと辺りを見回す。

せっかく神社に来たんだし、ついでにお参りでもして行こうとも思ったが、長蛇の列に並ぶ気にはなれず、すぐ近くにある稲荷社へとお参りをすることにした。

そう、この多治速比売神社にはたくさんの末社《まっしゃ》があり、たくさんの神を祀《まつ》っているのだ。主神である多治速比売を祀っている拝殿へは長蛇の列ができているが、それ以外の稲荷社や弁天社には人は並んでいなかった。

「……稲荷社なら隣にあるし、今日は、ここにお参りしようかな」

稲荷社の鳥居をくぐる前に、真司は鳥居に向かって一礼をする。母曰く、こういう小さなことが大事らしく、これを『一揖《いちゆう》』と言うらしい。

ともあれ、鳥居をくぐると両端には二体の狛狐が立っていた。

――な、なんか……この狐の顔怖いなぁ。

社を護る神使だからだろうか？　目は鋭く、足も太く、とても勇ましい感じだった。

真司はお賽銭を賽銭箱に入れ稲荷社に向かって二礼二拍手をし、鈴を鳴らす。いざお参りすると、これといって願い事はなく、真司はどうしようかと悩んでいた。

ふと、菖蒲や白雪のことが頭によぎる。さっきまで悩んでいた真司は、無意識のうちにそれを心の中で神様に伝えていた。

――菖蒲さんや他の妖怪たちと、もっと仲良くなれますように。

そう心の中で願い、最後に一礼をしてお参りをすませる。

そのあと、人の波をかき分け菖蒲を探しに境内を歩いたが、結局、菖蒲の姿も以前出会った神様の姿も見つけることができなかった。

「菖蒲さんも、あの神様もいなかったなぁ……菖蒲さんのことも結局なにもわからなかったし……」

そう小さく呟いた瞬間「なんじゃ？　童子ではないか」と、どこからか声が聞こえてきた。真司は周囲を見回すが、真司のことを呼ぶような人はいなかった。

すると、空からふわりと女の子が真司の前に降り立った。その女の子は、真司が探していた、例の神様だった。

「か、神様!?」

まさか本当に神様と会えるとは思ってもみなかった真司は、思わず大きな声を出して驚いた。近くにいた参拝者が、真司の方を見ながら素通りするのを見て、真司は慌てて手で口を塞ぐ。

地面に降り立った神様こと多治速比売命は、少し乱れた髪を手で払い退けると真司を見た。

「久しいの。菖蒲に似た気配を感じたので来てみれば、まさか童子だったとはの。元気にしておったか？」

「はい」

「して、今宵は童子も参拝しに来たのか？」

多治速比売命に聞かれ、真司は首を横に振る。

「いえ、僕は、菖蒲さんを探しに来たんです」

「はて？　菖蒲を？」

真司は見知らぬ男女に菖蒲を連れ去られたことを説明すると、彼女は「あ〜」と、すべて理解しているようなそうでないような声を上げた。

「童子の言う男女は、我の末社の神じゃよ。安心せぇ」

「え⁉　あの人たちも神様⁉」

真司が驚く姿を見てクスリと笑う。

「女の方は、弁財天。男の方は、八幡神《やはたのかみ》という名の武運の神じゃ」

あのふたりが神様だったことに驚きを隠せないでいる真司に、多治速比売命は話を続ける。

「どうも、菖蒲がこちらに来るのが遅くての。待っていられなくて連れてきたらしいのじゃ」

「そ、そうだったんですか」

真司は白雪が『大丈夫ですよ』と、言った理由がわかりホッとする。そして、多治速比売命に菖蒲は今どこにいるのかと聞くと、彼女は目を数回瞬かせ「菖蒲は酒を置いて先程出て行ったぞ？」と、真司に言った。

「えぇ⁉　い、いつの間に……」

「つい今しがたじゃ。無理やり連れてこられたことに激怒してのぉ〜。ふたりに説教をしたかと思うと、酒を置いて帰って行ったわい。おぉ、怖い怖い」

菖蒲と入れ違いになってしまい真司はガクリとうなだれると、多治速比売命はそんな真司を見ておかしそうに笑った。

「あっはっはっ！　残念じゃったな～、童子よ」

「そ、そんなに笑わないでくださいよ……はぁ」

多治速比売命は笑いたい気持ちをグッと抑えると、真司の顔を覗き込む。突然、距離が近くなったことに驚き、真司は一歩身を引いた。すると、彼女は含みのある笑みを浮かべ「他にも理由があったからここに来たのではないのか？」と尋ねる。真司は気まずそうに頬を掻く。

「その……実は、菖蒲さんのことで聞きたいことがあったんです」

「ほぉ」

興味深そうに呟く多治速比売命だったが、真司はなぜ他にも理由があるとわかったのだろうかということも気になった。

「あの……よくわかりましたね。僕が他にも聞きたいことがあるって」

真司が多治速比売命に言うと、彼女は含みのある笑みを浮かべながら「神の勘というやつじゃよ」と、言った。

――神様の勘、かぁ。本当かわからないけれど、信じてしまいそうだな……。

そう思い苦笑していると、多治速比売命が「童子」と、真司のことを呼んだ。

「場所を移すぞ。今宵は人も多く、長く話していると目立つからの。ほれ、我についてまいれ」

そう言うと多治速比売命はふわりと浮き、人の波を気にしていないかのように真司の先を歩いた。真司は見失わないようにあとを追う。人気のないところへ来ると、多治速比売命は地面に降り立ち、すぐそばにある花壇の縁に腰を下ろした。

「ほれ、童子も座らんか」

「は、はい」

自身の隣をポンポンと叩きながら言うと、真司もその場に腰を下ろす。

真司は隣にいる多治速比売命をジッと見る。

「本当に、この神社の神様だったですね」

「なんじゃ？　まだ信じておらんかったのか？　まったく頭の固い童子じゃ……。神が本当に存在して驚いたか？」

「うっ！」

早くも心の内を当てられてしまい、真司は慌てて目線を逸らす。

「えーと……ま、まぁ……」

「昔のお主なら、我を見ることもなかろうて」

「え……？」

真司は、それはどういうことなのかと聞こうとしたが、多治速比売命は疑問を差し挟む隙を与えず、真司の目を見ながら話を続けた。

「お主の力は増しておる。それは、お主自身もわかっておるじゃろ？　まぁ、理由は言うまでもない」

「……菖蒲さん、ですか？」

「ふふふっ」

真司は、なんとも意地悪な笑いかたをする神様に少しだけムッとなるが、それもすぐに消えた。真司は多治速比売命から目を逸らし、自分の手を意味もなく見ながら質問した。

「僕のこの力は、その……消えないんですか？」

「ほぉ！」

意外な質問をしたのか、多治速比売命は目を大きく見開いた。そして、俯く真司の顔を覗き込んだ。

「お主はその力を嫌うか？　消し去りたいのか？」

急に、真面目な顔になったことに真司は少し驚いたが、その質問の返答として黙ったまま首を横に振った。

「いいえ、思っていません。昔はそう思いましたけど……今は違います。菖蒲さんと会って、白雪さんやお雪ちゃん、勇さん……他の妖怪たちと出会って、少しだけわかってきたんです」

　真司は顔をあげ、澄んでいる空を見上げる。空は雲ひとつなく、きれいな満月が周囲を仄《ほの》かに照らしてくれていた。

　真司は今まで会った妖怪たちのことを思い出す。菖蒲に白雪、付喪神のお雪、猫又の勇、小豆洗いの小豆に豆腐小僧の豆麻、そして、気さくに話しかけてくる山童や木魚達磨のことを……。

　彼らと過ごした時間は、決して長いとは言えない。それでも、その短期間でひとつだけわかったことがあった。

「人も妖怪も同じ〝心〟を持っているってことを。泣いたり笑ったり、楽しいことが大好きで……。だから、その、なんていうか……僕は、この力があって初めて『よかった』って思えるようになったんです。妖怪たちに『ありがとう』って言われると照れくさいですけど、やっぱり嬉しいですし」

「なるほどのぉ」

「あ！　それと、こうやって本物の神様に会えて、話ができるのも嬉しいです！」

　またもや意外な言葉に、多治速比売命は再び驚いた。そして、今度は真面目な顔ではなく、愛しい者でも見るかのように目を細めて優しく微笑んだ。それはまるで、母性に溢れる母のような優しい笑みだった。

「そうか……ふふふっ」

「僕、神様ってどんな姿なんだろう？って、昔から思っていたんですけど、まさか、こんな小さい子供だったとは思わなかっ――」

――ポカッ。

「いたっ!!」

多治速比売命は真司の頭をグーで小突き、真司は小突かれた頭を擦る。

「少しはお主を見直したが、やはり失礼極まりないの!!」

「す、すみません……」

「まったく、呆れたものじゃ……。それで、本題に入るが、我の社に来てまで知りたいというのは、菖蒲の正体のことじゃろ？」

「うっ。そ、そうです……」

多治速比売命は、ほくそ笑みながら真司を見る。なにやら訳ありのような、裏がありそうな怪しい笑みだ。

「教えてやるぞ～？　ふっふっふっ～」

ついに菖蒲の正体を知るときが来て、真司はゴクリと口の中の唾を飲む。そして、真剣な表情で質問をした。

「やっぱり……妖怪、なんですか？」

「ふむ。正確に言えば〝元〟じゃな」

「元？」

真司は意味がわからず、多治速比売命をジッと見る。彼女は、そんな真司と目を合わせながら説明をした。

「あやつの正体は、妖怪の中でも力が随一と言われる九尾《きゅうび》の狐なのじゃ。そして、今は我がいる社のひとつ……つまり、末社のひとつを管理する神──稲荷の神でもある」

「菖蒲さんが九尾の狐!?　え、しかも、今は稲荷の神様っ!?」

衝撃の事実に声をあげて驚く真司は、思わず己の口を塞ぎ辺りを見回した。幸い、辺りには人はおらず声を聞いている者は誰もいなかった。

「た、確かに、九尾と言われればなんだか納得しちゃいますけど……。で、でも、妖怪から神様になれるんですか？　それに、菖蒲さんはどうして神様に？　やっぱり、徳っていうのを積んで？」

「落ち着かんか！」

──ポカッ。

「いたっ！」

聞きたいことがたくさんあり、次から次へと真司が質問をすると、多治速比売命は真司の頭をまた小突いた。真司は、小突かれた場所を押さえ多治速比売命に謝る。

「うぅ。す、すみません……」

「まったく……。ふふふっ、それにしても、お主はおもしろいのぉ～」

すると、多治速比売命はわざとらしく空咳を一回すると菖蒲の話に戻った。

「あやつにもいろいろあったのじゃ。妖怪時代のことは詳しくは我もわからぬ。しかし、あやつを稲荷の神として迎えたのは本社の伏見稲荷大社《ふしみいなりたいしゃ》の神なのじゃ」

「伏見稲荷大社ということは、京都ですよね？」

多治速比売命はコクリと頷く。

「うむ、あやつの生まれは京都じゃからの。これは本当のことなのか我は知らぬが、なんでも人間の男を誑《たぶら》かせて別の人間に一度退治されたとか」

「あの菖蒲さんが……？」

真司は、菖蒲が狐の妖怪で、しかも今は神様だという事実に驚きを隠せないでいた。なによりも、あの菖蒲が人を誑かし退治されたということも想像できない。

多治速比売命はさらに続ける。

「そして、ある事件が起こり、菖蒲が暴れているところを宇迦之御魂神《うかのみたまのかみ》様が捕らえ、更生させ、我の末社の神に選ばれたのじゃ。稲荷の末社が建造されたときは、どういう狐が来るかと思っておったが……まさか、妖怪とはのぉ」

多治速比売命は空に浮かぶ月を見上げると「はぁ～」と、深い溜め息を吐いてうなだれた。

「宇迦之御魂神様自身が挨拶に来られたときは、驚いて危うく飛び跳ねるところじゃったわ……。なんでも、自分の末社の管理を菖蒲に任せたいとのことでの。その真意は菖蒲を見張るためなのか、それとも、別の意図があったのかは、我にはわからぬ」

「…………」

真司は黙ったまま多治速比売命の話を聞く。彼女は空を見上げ目を瞑り、昔を思い出しているようだった。

「我の社に来た頃の菖蒲は、酷く哀しそうな目をしていた……なんでもないように振る舞っておるつもりでもな。特に、ひとりのときは神木をジッと見つめながら寂しそうな顔をしておったの。……まるで、迷子になった童子みたいに」

「菖蒲さんが……」

菖蒲のそんな顔をする姿を想像すると、真司の胸はなぜだか酷く痛んだ。

「今の菖蒲からは想像できないじゃろうて」

「……はい」

多治速比売命が言うように、今の菖蒲からはまったく想像できないような悲しい過去があったことを察する。彼女もそこまでは詳しく知らないらしいが、真司にはそれだけで充分だった。菖蒲の過去にこれ以上踏み込んでいいのかわからなかったのだ。

しばしの間、ふたりの間に沈黙が訪れる。

真司はなにか言わなければと思うのだが、なにを言えばいいのかわからなかった。

しかし、その沈黙も長くは続かなかった。多治速比売命が口を開いたからだ。

「……月日が流れ、幾度目かの春が訪れた頃じゃ。あやつの中でなにかが吹っ切れたのか、突然、ケロッとした表情になりおっての。その前に宇迦之御魂神様に呼ばれておったから、そこでなにか言われ、心が吹っ切れたんじゃろうなぁ〜。そして、これまた急に、妖怪の町を作ると言いだしおったわけじゃ」

「は、はぁ……」

真司の曖昧な返事に、多治速比売命は「まったく……」と呆れ果てた様子で呟いた。

「あの、宇迦之御魂神様でしたっけ？　その人が稲荷大社の神様だとはわかりましたが、どんな人なんですか？」

「む？　うーむ」

昔の菖蒲がどんな性格をしていたのか、なぜ暴れてしまったのか、詳しいことはわからなくても、真司はそんな菖蒲を更生させた神様について興味があった。多治速比売命は再び月を見上げ、宇迦之御魂神様についてなんて説明しようかとしばし考える。

「そうじゃの〜。宇迦之御魂神様は、とてもお美しく聡明なお方じゃの。白い髪もそれはそれは美しくての～。しかも、寛大なお方で、尻尾はモフモフしておる！」

「も、モフモフですか……？」

「うむ！」

白髪で聡明で尻尾がモフモフな神様……真司は、宇迦之御魂様について多治速比売命に聞いたものの、その姿はまったく想像がつかなかった。しかし、菖蒲を変えたぐらいの人だ、きっととてもすごいのだろうと真司は思った。

多治速比売命は話を戻すようにわざとらしく咳ばらいを一回した。

「ともあれじゃ。菖蒲は元妖怪だったとしても、今は神の一員じゃ。神が妖怪の町を作るという戯言《ざれごと》を誰が聞くと思う？」

「そ、それは……えっと、その……」

神様と妖怪の関係のことはよくわからないが、多治速比売命の口調からにして大体は予想ができた。

答えは――誰もいない。

周りから孤立する昔の自分の姿を不思議と思い出し、真司はその答えをなかなか言えないでいた。そんな真司を配慮したのかは不明だが、多治速比売命は真司がそれを口に出す前に言った。

「おそらく、お主が今思ったとおりじゃ。答えは誰もおらん。しかし、菖蒲は我が何度止めよと言っても聞く耳を持たなかったのじゃ。まったく……仕方ないやつじゃ」

「それで、どうしたんですか？」

「たとえ末社だろうが、我の社の一部じゃ。それを手助けるのも主祭神の責任というものじゃ」

「じゃあ……！」

なにを言おうとしたかわかったのか、多治速比売命は真司が言う前に「うむ」と、言いながら頷いた。

「お主が思ったとおりじゃ。我はあやつに力を貸し助言をした。じゃなければ、今頃、菖蒲は神の罰を与えられておるわ」

多治速比売命は、そのときの出来事を思い出したのか、深い溜め息を吐いた。そして、また空を見上げ「はぁ」と、息を吐いた。

外の気温は低く、多治速比売命が吐いた息はほわっと白くなる。

「妖怪の町を作ったはよいものの、地方の神はそれを恐れていた。じゃから、菖蒲と我は他の神に許しを乞《こ》うために出雲《いずも》に行ったり、大国主《おおくにぬし》様にも話をしたりしての……はぁ～、思い出しただけでも憂鬱じゃ～」

「た、大変だったんですね……」

「バカ者！　大変ではすまされぬわ!!」

突然怒りだした多治速比売命に真司は驚く。彼女は、怒りをグッと堪えるように拳をギュッと握り、そのときのことを話しだす。

「道中、あやつは、さ迷っておるそこらへんの妖怪を捨て猫を拾ってくるみたいに連れてきて商店街に勧誘するわ、すでに大勢の妻がいるのにもかかわらず、大国主様は菖蒲が拾って来た雪女を見て結婚をせがむわ……はぁぁぁ、まったく！　思い出しただけでも!!」

「あはは……」

頬を膨らませ、その場で地団駄を踏む多治速比売命。どうやら、そのときの出来事はこの神様の大きな心労となっていたらしい。

――なんというか……かなり、苦労したみたいだなぁ。というか、大国主様って、女好きなんだ。

多治速比売命は逸れてしまった話を戻すため、またわざとらしく咳をする。

「ま、妖怪の町を作るのには、ひと苦ふた苦労したということじゃ」

「あれ？　もしかして……」

「ん、なんじゃ？」

真司は、今さらながら、ふと思う。それは、ほんの些細なことだった。

「菖蒲さん、『じゃの』とかよく言ってるんですけど、あれって、神様の話しかたがうつった感じですか？」

「……………」

多治速比売命は空を見上げ黙々と考え、真司と多治速比売命の間に、またもや一時の沈黙が訪れた。

「……おぉ」

なにかを思い出したかのように、手をポンと叩く多治速比売命は深く頷いた。

「うむ、言われてみればそうじゃの！」

――長いっ！　考える時間が長いです！

心の中でツッコミを入れる真司。

一方、多治速比売命は腕を組み「はて？」と、言いながら考える。

「しかし、いつの間にあのような喋りかたになったんじゃろうて……うーむ……まぁ、我にはどうでもよいことじゃな！　あっはっはっはっはっ!!」

「あ、あははは……」

なんとも自由気ままで前向きな神様だろう。

真司は初めてこの神様と会ったときのことを思い出す。それは、まだ真司が冬休みに入る前の出来事――小豆と豆麻の勝負のときだった。あのときは、こうやってまともに話すことはできず、多治速比売命はまるで嵐のように消えていったのだった。

当の本人にはその気はないのだろうが、真司は多治速比売命を〝本能のままに生きている自由な神様〟だと思った。それは少しだけお雪にも似ているかもしれない。

多治速比売命は「さて、と」と、言いながら飛び降りるかのように立ち上がる。

「菖蒲の話もしたし、今宵は我も忙しい。そろそろ戻らねば。……あやつらが怒っているかもしれぬしな……」

最後の言葉は、そっぽを向いてボソリと呟いたので、真司には聞き取れなかった。

多治速比売命は、ふわりと宙に浮き真司と向き合った。

「ここで別れじゃ、童子よ。どうせ、このまま菖蒲のところに戻るのじゃろう?」

「えっ!?」

「なんじゃ、戻らぬのか?」

キョトンとした表情で首を傾げる多治速比売命。その拍子に、ひと房分の髪を結っている鈴がチリリンと音が鳴る。

「も、戻ります、けど……」

なんだか心を読まれたようで、真司は気まずい気持ちになる。すると「ほれ、みろ」と言わんばかりに、多治速比売命が着物の袖口を口元に当てクスクスと笑った。その仕草に、真司は思わずドキリと胸が鳴る。

――やっぱり、菖蒲さんと同じ笑いかた……。

話しかたといい、この笑いかたの癖といい、やはり多治速比売命にはどこか菖蒲に似ている部分があった。いや、むしろ、菖蒲がまねをしているのかもしれない。

子供が親のまねをするように、尊敬する人と同じ行動をとるように、自然と菖蒲は、この自由気ままで破天荒な神様のまねをするようになったのかもしれない。

菖蒲の姿を重ねて見てしまう真司に、多治速比売命は笑みを浮かべるとおもむろに近づいてきた。

「わわっ！　な、なんですか!?」

「ふふふっ、そう照れるでない。なんとも初心いやつじゃ。やはり、人の子はどの時代においても愛おしく思うの。……今日は楽しかったぞ。礼を言う、童子よ」

「い、いえ！　神様からお礼の言葉なんて、なんだかもったいないです！」

急に距離が近くなったのに驚いていた真司だが、多治速比売命の礼に恐縮する。彼女は、一歩二歩と身を引く真司の姿に満足気な表情をすると深く頷いた。

「ふむ！　少しは神のありがたみを理解したようじゃな！　ではな、童子よ」

真司はふわーと空に向かって飛ぶ多治速比売命を見上げ、最後まで見送る。しかし、多治速比売命はなにかを思い出したのか、ふと、その場で止まって真司を空から見下ろした。

「そうじゃった、そうじゃった。忘れておったわ。菖蒲のより深い過去が知りたければ、京へ参るとよいぞ。それとな、菖蒲は変わってきておる。それは、お主の存在が大きかろう。もっと己に自信を持て。では、また会う日までさらばじゃっ！　あーはっはっはっ!!」

言うだけ言って最後まで元気よく飛び去る多治速比売命に、真司は空を飛び街を駆け抜けるヒーローの姿が頭に浮かび苦笑する。そして、誰もいない空をジッと見上げると、頭の中で先程の言葉を思い出していた。

『菖蒲のより深い過去が知りたければ、京へ参るとよいぞ』

「京って、京都だよね……？」

――京都に、今よりももっと前の菖蒲さんのことを知る人がいるんだ……。そこまでして、他人の過去に足を踏み込んでいいのかな……？

けれど、真司は心の片隅でこうも思っていた。

――菖蒲さんのことを、もっと知らないといけない、と。

ときたま見せる菖蒲の悲しい顔。表面上笑ってはいるけれど、ふとした瞬間の菖蒲の顔は、どこか悲し気なときもあった。

――そんな表情をさせたくない。

真司のその気持ちとは別に、もうひとつ、不思議と胸が締めつけられるような気持ちがあった。

——これは、なんだろう……？

真司は、自分の胸に手を当て俯く。

——胸が締め付けられて、悲しい……痛い。あの人の笑顔を守りたい。守らなきゃいけない……そう思ってる。でも、この気持ちは……？

自分のことなのに自分のことがわからない真司は、空を見上げる。

相変わらず空は雲ひとつなく、淡く金色に光っているきれいな月だけが、まるで真司を見下ろすようにそこにあったのだった。

＊＊＊

多治速比売命と別れ、真司は百鬼夜行の宴をされている荒山公園へと戻ってきた。

真司は周囲に人がいないことを確認すると、結界の中に素早く入る。すると、暗く静かだった場所に、商店街のように賑やかな声が一気に辺りに響き渡っていた。妖怪たちは、それぞれお酒を飲んだりお弁当を食べたり踊ったりと、どんちゃん騒ぎしている。

そんな中、ある妖怪がひょっこりと顔を出し、真司に向かって手を振っているのが見えた。

「お？　真司！　おーい、こっちやこっちぃ！」

「あ、勇さん」

「よ！　さっきぶりやな！」

「はい」

「ん？　なんやなんや？　元気ないやんけ」

真司は苦笑すると「そんなことないですよ」と、勇に言った。すると勇は、お酒を飲みながら「ふーん」と言う。

別にやましいことはなにもないので、多治速比売命と会っていたことや今の自分の気持ちを伝えてもいいのだが、真司はなぜか言わなかった。言おうとは思わなかった。

しかし、勇も長いこと生きているだけはあって「真司になにか心境の変化があったな」と、感づいた。そして、それを真司自身が言わないなら、勇はそれを追求するのはやめようと思ったのだった。

真司は周囲を見渡し菖蒲を探す。いろいろな妖怪がいるが、肝心な菖蒲の姿だけは見当たらなかった。

「あの、菖蒲さんは？」

「ん？　菖蒲様なら酒を渡しにいったんちゃう？」

「酒って……あのお酒ですか？」

「せやで。というても、俺もさっき来たばっかやから、菖蒲様の居場所は知らんけどな～、にゃはは！」

多治速比売命に出会い、菖蒲の話を聞いた今だからこそ、真司は勇が作ったあのお酒が誰の手に渡ったのかわかった。それがわかると、目線は自然と神社の方を見ていた。

「ハッピーニューイヤー!!」

「あけましておめでとう！」

「あけおめー！」

遠くの方から新年を祝う声が聞こえてきた。どうやら、年が明けたらしい。

「おめでとうございます～」

「一年お疲れっす！」

その声を合図に周りの妖怪たちも次々に声をあげ、お互いに酒枡《さけます》を持って高々に乾杯をする。

「さーて！　これからが、この宴の本番や!!」

そう言うと、勇はおもむろに立ち上がり、どこからともなく大きな丸いボールを取り出した。

「一番、勇！　玉乗りするでぇ！」

「……へ？」

突然なにを言いだすのかと思い、真司は隣にいる勇を見る。勇は真司の視線に気づくと、ニヤッと笑い親指をグッと立てた。まるで「俺に任せときぃ！」と、言っているように見えた。

周りの妖怪たちは、そんな勇を囃《はや》したてる。

「おー！　ええぞ、ええぞ！」

「今年は顔から転ぶなや～」

「あっははは！　確かにそうだ！」

「え、ええと……」

真司は、いったいなにが始まったのかわからなかった。しかし、周りの妖怪たちは意気揚々とした表情で笑っている。中には、勇同様に芸を披露する妖怪もいた。

急な盛り上がりに呆然としていると、近くにいた木魚達磨に声をかけられた。

「ごれがら、この宴の醍醐味《だいごみ》、百鬼夜行の一発芸が始まるんだべ」

「一発芸、ですか。あ、あははは……」

真司は、次から次へと芸を披露していく妖怪たちを見て苦笑していたが、やがて、苦笑いは心からの笑いへと変化した。

きっと、この光景は異様なものだろう。妖怪とひとりの人間が笑い合っているのだから。

そして、真司は思った。

――まだ二か月しか経ってないけれど、怖いものばかりじゃないんだ。ううん……それだけじゃない。

真司は、咲き誇る梅の花を見上げると、小さく呟いた。これは、小さな小さなひとり言だ。

「人間も妖怪も、なにも変わらない……」

お互いに笑い合い、時にはバカ騒ぎもする。それは、人だってそうだ。

きっと、今日この日、数名で集まっている者なら、居酒屋かどこかで同じことをやっているだろう。生きかたや生まれかたが違っても、人も妖怪も同じ感情がある。

〝えにし〟と〝えん〟そのどちらも漢字で現すと〝縁〟になる。

意味合いは微妙なニュアンスの違いからなるが、結局はそのどちらも『誰かと繋がっている』ということだけは同じだ。

〝誰か〟もしくは〝なにか〟と関わり、繋がり、巡り巡って〝今〟がある。

真司は菖蒲の言う『縁が導く』という言葉の意味を最初は理解できなかったが、なんとなくそれがわかってきたような気がした。

人と妖怪はなにも変わらない中〝縁〟で繋がり結ばれている。ただ単に、人間はそれが見えないだけ、気づいていないだけなのだ。それは、人と人も同じである。

自分がこの世界にいるのは、父と母が出会い結ばれたから。またその父と母も両親が出会ったからこそ、この世界に存在している。これらの出会いがなければ〝今の自分〟という存在は生まれ落ちなかっただろう。

それは考えるととても深く、まるで木の枝みたいにいくつも枝分かれしている。けれど、その元はひとつなのだ。きっと、これが〝縁〟なのだろう。

真司は、今日までの、そしてこれからの――〝縁〟を大切にしようと思った。

そしていつかは、自分にもっと勇気と自信がついたら、この目のことを唯一の友達に言えるようになりたいと思ったのだった。

＊＊＊

妖怪たちが一発芸を披露していく中、真司は菖蒲を探すため公園内を歩いていた。

その途中で山童や小豆と豆麻に出会い、菖蒲の場所を促されるように公園の奥へと歩くが、どこを探しても菖蒲の姿は全然見当たらなかった。

すると、ドンッと、体格が人より大きい妖怪とぶつかった。

ぶつかった真司は一瞬よろめくと、顔から血の気が引き、慌ててその妖怪に謝った。

「す、すみません！」

「あ？」

妖怪は覗き込むように真司の顔を見る。鋭い目に鋭い口に真司は肩を上がらせ驚く。まるで小物を見るような目で真司を見ると、妖怪は口から息を吐いた。

──うっ！　お酒臭い……！

「お前、見ない顔だなぁ。どこの妖怪だぁ～？　ひっく……」

ものの数分前に豆麻から「悪酔いした妖怪には気をつけろ」と言われていたのに、真司は酔った妖怪に絡まれてしまう。商店街の妖怪は真司のことを知っているが、この妖怪は知らないらしい。他府県から来た妖怪なのかもしれない。

真司はその場から逃げようとするが、その妖怪が鷲掴《わしづか》むように真司の頭に手を置いているため、足がすくんで逃げられなかった。

自分の問いかけになかなか答えようとしない真司に、妖怪は次第に苛立ち「おい、聞いてるのか？　あ？」と、真司に言った瞬間──突然、その妖怪が氷に包まれた。

「え……？」

氷に包まれた妖怪は、転がるように真司から離れその場に倒れる。すると、その妖怪のすぐ後ろには微笑んでいる白雪とその腕に抱き付いているお雪がそこにいた。

「おいたをする妖怪はお仕置きですよ？　ふふっ」

「酒は飲んでも飲まれるなー♪」

「白雪さん、お雪ちゃん」

名前を呼ばれた白雪は真司と目を合わせると「ふふっ」と笑い、お雪は白雪の腕から離れると突進しながら真司に抱き着いた。

「真司お兄ちゃん！」

「ぐふっ！」

お雪に勢いよく抱きつかれ、頭が真司のみぞおちに入る。そんなことを知らないお雪は顔を上げ、心配そうな表情で真司を見た。

「真司お兄ちゃん、大丈夫？　怪我してない？」

まるで捨てられた子犬のように真司のことを見上げるお雪に、先程まで恐怖し、すくんでいた足もいつの間にかもとどおりになり、真司はお雪の頭を優しく撫でるとふっと微笑んだ。

「うん、大丈夫だよ。心配してくれてありがとう」

その言葉に、お雪の表情は明るくなり、花のようなかわいらしい笑みを真司に向けた。

「よかったー♪」

「本当によかったです。でも、まさか真司さんがこんなところにいるなんて思いませんでした」

真司は菖蒲を探していることを話す。

白雪は、真司の話に納得すると、頬に手を当てにこやかに微笑んだ。

「そういうことだったんですね」

「そっかぁ～、菖蒲さんを探してたんだね～」

白雪とお雪はお互いに目を合わせると、ふたり揃って同じ方向を指さした。その方向は、公園内のモニュメントがある方向だった。

「菖蒲さんなら、あそこにいるよ♪」

「えぇ、つい先程お話したばかりなんですよ」

「そうなんですか？」

真司はモニュメントがある方向をジッと見つめると、ふたりを見る。

「あそこに行ってみます」

真司のそのひと言に、白雪とお雪はニコリと笑う。

「いってらっしゃい♪」

「もうあの辺りは列の最後尾になりますので、妖怪の数も少なくなっています。だから、変に絡まれることはないと思いますので安心してくださいね」

「はい、ありがとうございます」

真司はふたりに礼を言うと、菖蒲がいるモニュメントへと歩きだした。

白雪の言うとおり、ここまで来ると妖怪の数も少なくなっていた。最前列から中央列までは賑やかだったのも、最後尾は静かに宴を楽しみたい妖怪たちで集まり、世間話をしながらお酒を飲んだり重箱をつまんだりしていた。

そして、真司はついに菖蒲がいる場所までやってきた。

大きなモニュメントには、黄色い四つの翼がある。その四つの翼が風を受けて、風車のようにゆっくりと回っていた。そのすぐ真下に、月を見上げている菖蒲が座っていた。

真司は見上げる菖蒲の姿を見て、初めて出会ったときのことを思い出す。あのときも、こんなきれいな夜で、菖蒲は月の光を浴びていた。まるであの日のように、真司は菖蒲の美しさに目を奪われていた。

声をかけようにも言葉がうまく出ない。すると、菖蒲が真司に気づき振り向いた。

「おや？　真司じゃないか。どうしたのじゃ？」

「あ、え、えっと……」

菖蒲と目が合い、ジッと見ていたことに気恥ずかしくなった真司は慌てて菖蒲から顔を逸らした。菖蒲はそんな真司の様子に目が点になると、今度は、おかしそうにクスクスと笑い始めた。

「なんや、ようわからんけど、こっちに来んしゃい」

「は、はい」

真司がぎくしゃくした足で菖蒲の隣に腰を下ろす。

「真司、宴を楽しんでおるか？　ん？」

「えっと……は、はい、楽しいです。ご飯もおいしいですし」

「そうか。それは良かった、ふふっ」

「…………」

「…………」

沈黙が訪れ、真司はなにか言わねばと思い菖蒲を横目で見る。

菖蒲はまた空を見上げ、微笑みながら月を見ていた。

「月がきれいやねぇ」

「そ、そうですね」

なぜか緊張し、他愛ない返事をすることしかできない真司は、ふと、商店街の出店で買った簪のことを思い出した。

——そうだ。この簪渡さなきゃ！

真司はポケットにある簪に触れ、「渡すなら今だ！」と思うが、そのちょっとした勇気がなかなか出て来なかった。「気に入ってくれなかったらどうしよう？」という不安が、真司の中にあったからだ。

「真司や。お前さん、弟橘媛《おとたちばなひめ》に会ったんじゃろ？」

「え？」

聞いたことのない名前に真司が首を傾げていると、菖蒲は思い出したかのように「あぁ」と呟いた。

「弟橘姫とは、多治速比売命のことじゃよ。多治速比売命の本当の名前は『弟橘姫』なのじゃ」

「へぇー……って、え!?　菖蒲さん、知ってるんですか!?」

多治速比売命と会ったことは誰にも話していない。それなのに、菖蒲は知っていた。

そのことに真司が驚くと、菖蒲は静かに笑った。

「あやつが使いの者をよこして教えてくれたのじゃ。お前さんが顔を出しにきたとな」

「そうなんですか」

百鬼夜行の列を抜け出したことに心配かけないよう、多治速比売命が菖蒲に一報を入れてくれたのかもしれないと真司は思った。そうでなければ、菖蒲の口から自分の正体のことを聞いたのかと、なにかしら言うと思ったからだ。

――黙っててくれたんだ……。

真司は、菖蒲の正体を知ったことを自分の口から本人に伝えたかったので、ホッと安心する。それでも、菖蒲の過去を少しでも知ってしまった以上は、なんとなく菖蒲には言いづらいものがあった。

するとと、菖蒲が突然「はぁ……」と、溜め息を吐いた。

「大変やろ、あの神の相手をするのは」

「少し話しただけなので、よくわかりませんが……でも、なんだか自由気ままな神様だな～って思いました」

「あれでも、昔は淑女やったという噂もあるの。まぁ、私があやつと会う前の話じゃがな」

「へぇー」

淑女──それは、即ち、おしとやかで品のある女性《レディー》のことを言う。

真司は、あの神様が淑女だった時代もあるということを、まったく想像できないでいた。

「…………」

「…………」

またもや、真司と菖蒲の間に沈黙が訪れる。

菖蒲は、その静けさを全く気にしていないようだが、やはり真司は気まずい気持ちになった。

——渡さないと……。だ、大丈夫……僕ならやれる……。

ギュッと目を閉じ、自分に暗示をかけるように言い聞かせる真司。そして、真司は段々と俯いていた顔を勢いよくあげ、ポケットから簪を取り出した。

「あっ菖蒲さん！　これ、菖蒲さんにあげますっ!!」

「…………」

突然なにかを差し出され、菖蒲は目を見張るように驚くと、真司が手に持っている物をジッと見た。

「これは？」

「か、簪です」

菖蒲は真司の手から簪を受け取り、簪を包んでいる布をそっと開いた。

「ほぉ、月下美人の花やね」

「は、はい……菖蒲さんに似合うと思って……」

菖蒲がどんな反応をしているのか怖く、真司は俯き気味に菖蒲と話す。菖蒲は、すっかり耳まで赤くなっている真司を見てクスリと笑った。そして簪を膝の上に置くと、真司の頬を両手で挟み込むようにして触れ、顔を無理やり上げさせた。

「こりゃ、顔をあげんしゃい」

「え、あ、あの……」

突然のことで最初は驚いていたが、菖蒲の温かさが手から頬に伝わり、不思議と少しずつ心が落ち着いた。菖蒲は真司に向かって微笑むと、真司の頬からパッと手を離し、月下美人の簪を自分の髪に挿した。

「どうじゃ、似合うかえ？」

菖蒲は髪に挿した簪を真司に見せる。菖蒲の黒髪に一輪の白い花が咲き、まるで、宵闇《よいやみ》を照らしてくれる月のように美しかった。

真司は、そんな菖蒲から目を外せないでいる。

菖蒲はジッと見つめる真司の視線から顔を逸らし、袖口を口元に当て恥ずかしそうに笑った。

「ふふっ。なんや、そんなに見られたら緊張してしまうのぉ」

「あ、す、すみません……！」

真司も慌てて菖蒲から顔を逸らす。モジモジとしながら自分の手に触り、横目で菖蒲を一瞥《いちべつ》すると、珍しく菖蒲も恥じらいながら簪がズレていないかを確認していた。

すると突然、菖蒲が「ふふっ」と、笑いだした。それは普段の大人びた菖蒲からは想像できないぐらいどこか楽しげで、また、うら若き乙女のように幸せそうな表情をしていた。

「こうやって誰かにプレゼントされるのは、久しいような気がするの。……真司、おおきに」

「い、いえ……。あ、あの、菖蒲さん」

「ん？」

真司は顔をあげ菖蒲と目を合わすと、落ち着かない気持ちをグッと抑え微笑む。

「明けましておめでとうございます。それから……これからも、よろしくお願いします」

「こちらこそ、よろしゅうお頼み申します。ふふふっ」

菖蒲は袖口を口元に当てクスリと笑うと、眩い笑みを真司に向けたのだった。

エピローグ

三学期が始まる朝、真司が通学していると、ふと、前を歩いている人物に気がついた。真司は駆け寄り、そのふたりの人物に声をかける。

「おはよう、荻原、神代！」

名前を呼ばれた海と遥は振り返り、お互い驚いたような顔をしていた。

「お、おはよう、真司」

「……おっす」

真司は「なぜ、そんなに驚いたような顔をするのだろうか？」と、思い首を傾げると、海が驚いている理由を真司に言った。

「し、真司……前髪切った、よな？」

「え……？　う、うん……よく気づいたね。そんなに短い、かな？」

真司は自分の前髪に触れると、遥が突然ふっと笑った。

「そりゃぁ、あれだけ長ければな」

「にしても、なんで切ったんや？」

海の質問に真司は頬を掻きながら空を見上げ、気まずそうに「あー……」と、小さく呟くと苦笑いをしながらその理由をふたりに話した。

「前の長さでもよかったんだけど、いろいろあって切ってみようって思ったんだ。でも、いざ切るとなるとなんだかためらって……」

真司の頭の中には、菖蒲、白雪、お雪たちや真司の名前を呼びながら接してくれる妖怪たちのことが頭に浮かぶ。

するとと真司の口角はあがり、自然と海と遥に向かって微笑んでいた。

「新年も迎えたし、これを機にいきなり短くするのは無理でも、少しずつ切って慣れていこうって思ったんだ」

「ふーん」

「そうか」

海も遥も真司の顔を覗き込む。真司になにがあったかわからないが、彼にとってなにかが変わるような出来事が起きたのだろうと感づいた。でなければ、人を避けようとしている真司には、できないだろう行動だと思ったからだ。

顔が近くなった海と遥に真司は驚き、一歩あとずさる。

「え、な、なに!?」

海と遥はお互いに顔を合わせ意地悪気にほくそ笑むと、真司の頭をふたりでクシャと撫でた。

「少しずつでもええことや！　卒業するまでには、普通の長さやな！」

「やな。楽しみやわ」

「えぇ!?　た、楽しみって……」

真司はクシャクシャになった髪を指でもとに戻すと、気恥ずかしそうに俯いた。

すると海が頭の後ろで腕を組み、残念そうな顔で大きなひとり言を呟いた。

「あーぁ、真司の目が露《あら》わになったら、遥の次にモテるんやろうなぁ～。ええなぁ～」

「モ、モテ——!?」

海のまさかの発言に、歩いていた真司の足がピタリと止まる。海と遥は足が止まった真司を見ると、その様子におかしそうに声に出して笑った。

「あははっ！　真司、顔真っ赤やん！」

「くっ、ふふふっ。珍しいもんが見れたな」

「～～っ!!」

真司はふたりに駆け寄り、海と遥の肩を小突いた。

「別に赤くなってないよ！　それに、モテるとか考えたこともないし、ならないよ！」

ムキになっている真司に海と遥は、また笑う。

そして、三人は楽しそうな声をあげ、学校へと向かったのだった。

＊＊＊

その日、学校が終わると、真司は人目につかないようにあかしや橋を渡り、妖怪の町『あやかし商店街』へと来ていた。

商店街の入り口付近で妖怪たちが真司を見つけると
「お、菖蒲様んとこの坊主じゃねーか！　おかえり！」

「あら、去年以来ね。おかえりなさい」

と、真司を出迎えてくれる。だから商店街の表通りを歩くことの不安が、初めてこの町に訪れたときよりも幾分かマシになっていた。

すると、入り口の近くに建っている八百屋と魚屋の店主が真司を呼び止めた。

「おー、真司やないか。おかえり！」

「んだ。おがえり」

真司は他の妖怪たちに返すように、店主である山童と木魚達磨にも挨拶を返す。

「はい。ただいま帰りました」

「んだ。今日はなんだが、いづもより元気だべな？」

横に転がるように体ごと傾ける木魚達磨と、それに同感するかのように髭を撫で、真司のことをジロジロと見る山童。

「そういや、そうやな～。なんや、ええことでもあったんか？」

「え？　うーん……」

真司は良いことについて考える。ふと頭に浮かんだのは、海と遥との会話だった。

自分から挨拶をし、話しかけ、冗談を言い合いお互いに笑い合う。それは、昔の真司には想像できないことだった。引っ越す前はひとり孤立し、孤独で笑うこともなかった。笑っても、上辺だけの笑みだけだった。

こうやって、心の底から笑うことはなかったのだ。

真司は「きっと、これが良いことなんだ」と思うと、ふたりに向かって微笑んだ。

「はい。良いことがありました」

真司の笑みを見て、山童と木魚達磨も真司の笑みにつられてニコリと笑う。

「そっか、そりゃよかったな！」

「んだ。ええごどだべ。笑うと福がぐる。きっど、もっどええごどがあるべ」

「そう、なんですか？」

首を傾げる真司にふたりはコクリと頷く。

真司には、これから先の未来になにが起こるのかまったく予想できない。それでも真司は思った。

——良いことが起こるなら、もっと笑わないといけないな。

そう思うと、真司はふたりに頭を下げ、菖蒲の家へと向かったのだった。

真司は商店街の表通りから路地裏に入り、菖蒲の家へと向かう。

表通りからでも菖蒲の家には辿り着けるが、菖蒲の家は商店街の中間にあるため、まだそこまでひとりで表通りを歩くことはできなかった。

真司は路地裏を進み、菖蒲の家に着くと引き戸を開けた。

「おかえりなさーい！」

「うっ!!」

戸を開けた瞬間、お雪が真司に飛び込みながら抱き付いてくる。真司はお雪を受け止めると、みぞおちに当たったお雪の頭を撫で苦笑いをした。

「た、ただいま、お雪ちゃん」

「えへへ♪」

顔をあげかわいらしい笑みを真司に向けるお雪。すると、お雪は突然ハッと驚いた。

「真司お兄ちゃん、前髪切ったのー!?」

「う、うん……」

「大変だー！　菖蒲さーん!!」

お雪は、真司が前髪を少しだけ切ったことに気づくと、菖蒲と白雪がいる居間にドタバタと走りながら向かった。あっという間に自分のところから消えたお雪に真司は唖然となると、靴を脱ぎ、菖蒲たちのところへと向かう。

そして居間に着くと、菖蒲と白雪は真司を見てふっと笑った。

真司は恥ずかしそうに俯きながら、学ランの上着をハンガーに掛け、菖蒲の向かい側に腰を下ろす。

「ど、どうして、皆、前髪を切ったことに気づくんですか？　全然切ってないはずなのに……」

「そりゃぁ、気づくさ。私たちからしたら、お前さんの目が見えないぐらい長かったのに、今では、少しは見えるようになったからのぉ」

「はい。ふふっ、もっと切ってもよかったですのに」

菖蒲と白雪が顔を合わせ頷き合う。

真司は、以前の髪型のことを思い出す。視力はさほど悪くはないが、目立たないために地味な眼鏡をかけ、異形なモノと目を合わせないように目が覆うぐらい前髪を伸ばしていた。友達と遊ぶこともせず、ひとりを選び、自分から〝孤独〟という選択肢を選んだ。

まだ目は少し隠れているが、前よりかは視界も開け、真司の心も開けている。真司は俯いている顔をあげると、菖蒲と白雪、そしてお雪が真司を見てニコリと笑い、微笑んでいた。

「まだ長くても、少しずつ切っていけばええ。なぁ、白雪」

「はい、菖蒲様」

「だね♪」

自分が思っていたことを菖蒲に言われ真司は驚くが、それでも皆の言葉が嬉しく、黙ったまま頷く。その顔は嬉しそうに笑っているが、少しだけ涙目になっていた。

まだまだ不安や妖怪たちに対する恐怖、人との関わりを無意識のうちに避けようとする傾向はある。だがそれでも、菖蒲たちは「ゆっくりでいい」と、言ってくれているみたいで真司は嬉しかった。

この堺市に来て、菖蒲や白雪たちに出会い、海と遥にも出会い、様々な出来事があった。それは真司にとって驚くような日々だったけれど、真司をここまで変えてくれた。

赤ん坊がひとりで立ち、歩けるようになり、やがてランドセルを背負い学校へ行くようになる。そして、少しずつ成長し大人になっていく。

真司はその成長途中にいるが、確実に心の階段を上っていた。

耳をすませば、外から妖怪たちの笑い声や客寄せをする声が聞こえてくる。

異形なモノたちが集まるあやかし商店街は、今日もお祭りのように賑やかだ。

完

あとがき

みなさん、こんにちは。癒月です。

この度は『あかしや橋のあやかし商店街』をお読みくださりありがとうございます。

題名にもなっている『あかしや橋』ですが、実は本当にある橋でして、私はよく、あ〝や〟かし橋と見間違えていました。そこで、本当にこの橋が妖怪の橋だったら？もし、妖怪の町に繋がっていたら？と考え、この『あやかし商店街』を執筆し、小説サイトに上げさせていただきました。

私は、趣味として自由きままに執筆しているため、小説の正しい書き方や文章の作り方などを学んでいませんでした。役者を目指していたので、どうしても『小説』ではなく舞台で使うような、脚本に近いものへとなっていきました。

それでも自分なりに執筆し続けていると、ある日、こちらのスターツ出版さまから書籍化のお声をいただきました。

最初は、手が震えるぐらい驚きました。本にするにも自分に自信がなく、とても不安でした。

ですが、編集さんの「一緒に頑張ろう」というお声に励まされ、編集さんやライターさんのおかげでビックリするぐらい読みやすくなり、無事に一冊の本として発売することができました。

今こうして本となり皆さまのお手元に届いているのは、私を引っ張ってくれた編集さんや応援してくれた人たち、綺麗に文をまとめてくださったライターさん、素敵な表紙を描いて下さったイラストレーターさん、訪れるたびに不思議と心がスっと軽くなる地元の神社の神様、そして、この本に携わってくださった皆々さまのおかげです。

私は小説の初心者で、まだまだ未熟な面もありますが、読者の皆さまに少しでも素敵な物語をお届けできればと思っております。

そして真司と同じく、この『あかしや橋のあやかし商店街』という本で、皆さまとの〝縁〟を紡いでいけたら幸いです。

本当にありがとうございます。

二〇一九年三月　癒月

この物語はフィクションです。実在の人物、団体等とは一切関係がありません。

癒月先生へのファンレターのあて先
〒104-0031　東京都中央区京橋1-3-1　八重洲口大栄ビル7F
スターツ出版(株) 書籍編集部 気付
癒月先生

あかしや橋のあやかし商店街

2019年3月28日　初版第1刷発行

著　者　　癒月　©Yuduki 2019

発 行 人　松島滋
デザイン　西村弘美
D T P　久保田祐子
編　　集　飯塚歩未
　　　　　須川奈津江
発 行 所　スターツ出版株式会社
　　　　　〒104-0031
　　　　　東京都中央区京橋1-3-1　八重洲口大栄ビル7F
　　　　　出版マーケティンググループ　TEL 03-6202-0386
　　　　　(ご注文等に関するお問い合わせ)
　　　　　URL　https://starts-pub.jp/
印 刷 所　大日本印刷株式会社

Printed in Japan

ISBN　978-4-8137-0651-9　C0193

スターツ出版文庫　好評発売中!!

『休みの日 ～その夢と、さよならの向こう側には～』小鳥居《ことりい》ほたる・著

大学生の滝本悠は、高校時代の後輩・水無月奏との失恋を引きずっていた。ある日、美大生の多岐川梓と知り合い、彼女を通じて偶然奏と再会する。再び奏に告白をするが想いは届かず、悠は二度目の失恋に打ちひしがれる。梓の励ましによって悠は次第に立ち直っていくが、やがて切ない結末が訪れて…。諦めてしまった夢、将来への不安。そして、届かなかった恋。それはありふれた悩みを持つ三人が、一歩前に進むまでの物語。ページをめくるたびに心波立ち、涙あふれる。

ISBN978-4-8137-0579-6 ／ 定価：本体620円＋税

『それでも僕らは夢を描く』　加賀美真也《かがみしんや》・著

「ある人の心を救えば、元の体に戻してあげる」―交通事故に遭い、幽体離脱した女子高生・こころに課せられたのは、不登校の少年・亮を救うこと。亮は漫画家になるため、学校へ行かず毎日漫画を描いていた。ある出来事から漫画家の夢を諦めたこころは、ひたむきに夢を追う姿に葛藤しながらも、彼を救おうと奮闘する。心を閉ざす亮に悪戦苦闘しつつ、徐々に距離を縮めるふたり。そんな中、隠していた亮の壮絶な過去を知り……。果たして、こころは亮を救うことができるのか？一気読み必至の爽快青春ラブストーリー！

ISBN978-4-8137-0578-9 ／ 定価：本体580円＋税

『いつかのラブレターを、きみにもう一度』　麻沢《あさざわ》 奏《かな》・著

中学三年生のときに起こったある事件によって、人前でうまくしゃべれなくなった和奈。友達に引っ込み思案だと叱られても、性格は変えられないと諦めていた。そんなある日、新しくバイトを始めた和奈は、事件の張本人である男の子、央寺くんと再会してしまう。もう関わりたくないと思っていたはずなのに、毎晩電話で将棋をしようと央寺くんに提案されて――。自信が持てずに俯くばかりだった和奈が、前に進む大切さを知っていく恋愛物語。

ISBN978-4-8137-0577-2 ／ 定価：本体580円＋税

『菓子先輩のおいしいレシピ』　栗栖《くりす》ひよ子《こ》・著

友達作りが苦手な高1の小鳥遊《たかなし》こむぎは、今日もひとりぼっち。落ち込んで食欲もなかった。すると謎の先輩が現れ「あったかいスープをごちそうしてあげる」と強引に調理室へと誘い出す。彼女は料理部部長の菓子先輩。割烹着が似合うお母さんみたいにあったかい人だった。先輩の作る料理に勇気づけられ、徐々に友達が増えていくこむぎ。しかしある時、想像もしなかった先輩の“秘密”を知ってしまい――。みんなを元気にするレシピの裏に潜む、切ない真実を知った時、優しい涙が溢れ出す。

ISBN978-4-8137-0576-5 ／ 定価：本体600円＋税